人間條件

完整典藏版 Human Condition

編劇・導演 吳念真

演出製作　綠光劇團

推薦序

人間條件 自我解嘲

——觀賞喜劇，笑開煩惱

吳靜吉（學術交流基金會執行長）

許多研究幽默的學者發現：「自我解嘲」是幽默感的重要基礎。

活在人間，人一定會有大大小小的缺憾。眼睛太小、個子不高、能言善道卻數學不好、長袖善舞上了台卻結結巴巴……這些個人的缺憾，都是人間不大不小的受限條件。

眼睛可以放大，但也不一定要開刀。個子小，可以穿高跟鞋但也可以打赤腳。數學能力也許天生不強，但有增進的空間。想要改變也可以改變的，那就去改變，可以改變但沒必要改變，不能改變也放棄改變，其關鍵在於人要懂得「接納」。能夠自我解嘲的人，可以在笑開懷的同時，進一步接受改變之後的自己。別人也發現你幽默的長處而毫不在意你的缺憾。

對於別人的自我解嘲，可以哈哈大笑的人，他也許是因爲發現別人沒自己好而沾沾自喜。但也有可能是因爲依稀感受到自己終究還是有缺憾而將之合理化，跟著也就自我解嘲起來。最好的幽默，其實是要懂得超越自謔、自貶而且與人一起笑開煩惱。人與人的關係透過自我解嘲，體會到人間的條件之後，就能更進一步的潤滑了人際關係。

有些人間的缺陷，可以因爲個人的條件不同而獲得改變。但是，生離死別或天災人禍這些重大的問題，卻不是單靠努力即可解決。有時候，像是「好人受到誤解」，更是人禍中最大的缺憾。你我都被誤解過，也誤解過別人，而這樣的誤解如果發生在同一個故事裡，那就眞的成了「人間條件」裡的「人間條件」（human condition）。而最無奈的人間條件則是生死由不得自己，壯志未酬、感恩未報就走了。

「人間條件」裡的阿嬤，自律甚嚴、體貼別人，想要有尊嚴的活著。麻煩的是，她是個具姿色的寡婦，卻有個調皮的兒子。而且，她所幫傭的老闆，明白事理而且有魅力。在一個健康的社會裡，關心別人是很正常的行爲，但她所屬的處境，卻讓她遭到許多誤解。她身旁的許多人，大多懷疑她覬覦老闆的外在條件，她不願也不必多作解釋，更何況兩人之間的人情溫暖參雜了似有若無的異性吸引，就這樣讓自己帶著許多委屈和謎題離開人間。

來不及或羞於啓齒而未對老闆的體貼表達感恩就離開人間，像她這樣懂得拿捏分寸的人，面對人間條件的許多缺憾，最後的選擇是重回人間。她那已經當里長的兒子，因爲從小耳濡目染而很努力的想要有尊嚴的活著。我們發現，即使里長一直在幫助別人、照顧別人，卻還是會受到誤解——人間的許多條件，造成人的心中許多缺憾。

從理性的角度思考，人死後是不可能再回到人間的，可是戲劇卻可以創意假設。「人間條件」在劇場，讓死後的人重返人間，打破條件的限制而彌補心中的缺憾。「人間條件」首演時，劇中的對話心情讓我笑中帶淚，在不好意思的情況下，偷看鄰座觀眾的反應，原來他們也像我一樣的感同身受。

這許多可以讓人沉思和反省的故事，經由創意人的想像與創作，變成一齣滿足人間條件的喜劇——「人間條件」。

作者序

我不喜歡猜謎語

吳念真

我不喜歡猜謎語，我也不喜歡讓別人猜謎語。我喜歡直接的情感交流。

有人問我，爲什麼在拍完廣告和電影之後，會想到劇場導戲，我的回答是：我喜歡劇場裡面，台上和台下的情感可以直接交流的感覺。兩年之後，重新再推出「人間條件」，我的答案一樣沒變。

很多人，喜歡在創作裡面談一些很大的問題，就連學校老師往往出作文題目也都很大，例如：寂寞、人生、愛情、未來……等等，這些題目所要談的內容都很錯綜複雜。現在，我自己年紀越來越大，我反而發現很多年紀大的創作者，寫出來的東西卻是越來越簡單明瞭。

我是一個通俗的人，不覺得自己是知識分子。在我的眼中，全台灣知識分子加起來，可能只有五人，或許我還高估了！我出生在九份，那裡的人全都是礦工，書讀得不多也不會寫字，生活困苦，所有讀書人都喬遷外地。小時候，有個李日東先生，他是做教育的人，他義務幫眾人寫信、看信甚至是唸報紙，貢獻出他的所學。在我心目中，這樣子的人才是知識分子。

記得十幾年前編寫了一齣老兵的故事，搬上電影舞台，有一位很少聯絡的朋友，寫了一封信給我，告訴我他爸是一位老兵，二、三十年沒看過電影，因為這部戲，使他爸再度走進戲院，來信謝謝我，也讓我抓回失去的朋友。另外一部電影「多桑」，也吸引了許多老一輩的人走進戲院，讓大家一起分享心中共有的台灣記憶。

我的創作來源就是生活，每週固定與三五好友聊天聚會，聊的是生活，分享的也是生活，所有的創作故事都是與朋友聊天來的，這都是他們的故事，只是被我拿來使用。我的創作很簡單，用周遭朋友的故事，不特別想要呈現什麼，而是自然呈現，讓所有的人都看得懂。而且，我覺得越眞實越重要。

不能在演出當中喊卡的舞台劇，需要經過不斷排練才能上場。在排練過程中所有演員都會不按牌理出牌，你來我往，擦出許多不一樣的火花。舞台上最後所呈現的部分片段，甚至有可能是演員們自創出來的。然而，舞台劇的魅力也就在於此，你永遠不知道你的下一步，會不會因為別人的跳離而得有所變動——舞台劇，就是那麼的「眞實」。

我曾在療養院服務過三年，曾經在電影公司幹過很長一段時間的工作。我生活過得平淡但精彩，讓我有足夠的創作源頭。問我會不會有遺憾，我只能說：人不可能沒有遺憾留在人間，但要把遺憾減到最少。

所以，千萬記住不要猜謎。想做就做，想說就說。

2008作者序

因爲你的參與，才讓劇場完整

吳念眞

這是「人間條件」第一集第幾次的演出我都忘了。

忘了，可不是因爲演出的次數多到什麼程度，而是事隔久遠，畢竟是七年前的劇本，而且中間還有「人間條件」第二集、第三集，而且也都一樣重演過幾次。

事隔多年，在同樣的排練場重新開排……感觸複雜。雖然主要演員臉孔沒變，但至少年紀變了，人生路程也都各有一番折騰顛簸、滄海桑田；至於當年扮演里民的演員們更是男婚女嫁，或者士農工商各自一方。

也許是這樣複雜的心情，看著劇情在眼前重新展現，總難免有「這是我寫的劇本嗎？」這樣的疑惑。

尤其比起「人間II」和「人間III」某些不自覺的失落和沈重，在排練的過程中 老讓我懷疑自己當年哪會如此情緒高亢而且樂觀？

當年喜歡結尾的時候黃韻玲那麼殷勤的祈願：千萬要堅強……千萬要平安，而現在呢？是否還有足夠的力氣讓自己堅強？不知道。

反而幾天前看到戲裡的里長經過一天無厘頭的忙亂之後，在女兒的注視下疲憊入夢、鼾聲大起的這一幕時突然感到鼻酸，當下淚眼婆娑。

覺得……人生眞的是戲，奔波一場之後一切歸零，一切重新起頭，過程有如白忙。

那一刻倒忽然明白了什麼，明白當年的樂觀和高亢或許是期待自己未來可以「堅強」的某種寄託、某種能量。

在這重演的前夕，心情彷彿千言萬語也說不清；只盼望這齣「人多勢眾」的瘋戲在冷冷的天氣和社會氛圍裡，能給大家帶來一點溫度，一點高亢的情緒，讓自己有一點堅強起來的寄託和氣力，如此而已。

謝謝你的蒞臨。

我兒子曾經在一場演出的刊物上寫過一句話，那句話講得不錯，盜取過來用以感謝大家：

因爲你的參與，才讓劇場完整。

人間條件

Contents 目錄

人間條件【完整典藏版】原著劇本

人間條件
Human Condition
原著劇本
滿足心中缺憾的幸福快感
美國檳榔
光之鄉里

角色介紹

爸爸（里長伯）

里長、六合彩組頭，積極賺錢爲最高原則，甚至請檳榔西施賣檳榔，對女兒採打罵教育

媽媽

從不曾做過家事，每天觀看電視十四小時以上，完全將情緒融入電視情節中，堪稱職業電視觀衆

女兒（阿美／阿嬤）

十六歲的小女生，不爽家中狀況卻無力改變，沒什麼朋友，只好選擇哈日及暗戀對面的同校男生／阿嬤早已死亡多年，刻苦堅毅的養活一家人，個性火爆，當年對董事長的感情已轉爲感激，這次回來，只爲對董事長道謝

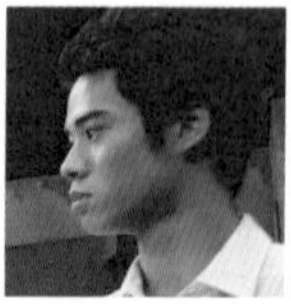

小幹

阿美暗戀對象，父親老幹是六合彩習慣性輸家，使得小幹對阿美家有某種成見

檳榔西施

阿美家聘請的檳榔西施，打扮超辣，最愛抱著電話猛講，以及揶揄別人

校長

阿美就讀學校的校長，小時候曾受過阿嬤的恩情，如今方得成功擔任校長，但其實上起課來也不怎麼樣

董事長

當年資助阿嬤的地方性中小企業家，如今已是全國性知名大企業家，對阿嬤一家有莫大的恩情，也是阿嬤回來的主要目的

立委助理

爸爸追隨的立委之助理，謹愼客氣下隱藏著強大的勢力

警察

立委派系下的合法帶槍打手

董事長秘書

董事長的秘書，辦事精明幹練

奧少年數名

阿美及小韓同校同學，以立委兒子爲首，形成一種學校惡勢力

新興里里民

爸爸六合彩的主要客戶，也是爸爸能動員參與立委各式活動的人頭

董事長助理數名

董事長身邊的隨扈及幕僚

第一場 回家

你不曾問過我心裡渴望的是什麼，總是這樣狠心地揉碎我一路走來所曾編織的美夢！去吧！去吧！你走你的公車專用道，我走我的行人天橋。

家的陳設在舞台後方形成剪影，所有下一場即將出現的人凝固動作，一樣成剪影，有如布景。

燈亮。阿美和小幹下公車的動作。

阿美（痴傻地望著遠去的小幹或公車，哀戚而自憐的語調）終於，你還是走了。連一句安慰的話都沒有說。甚至，連回頭看我一眼也沒有。你不曾問過我心裡渴望的是什麼，總是這樣狠心地揉碎我一路走來所曾編織的美夢！去吧！去吧！你走你的公車專用道，我走我的行人天橋。

我很傻哦？這是我寫給公共汽車的歌詞。一個禮拜要寫兩次，禮拜二和禮拜四。再寫下去，我都可以出一本正港的公車詩文了。因爲每個星期的這兩天，我總是在車子裡想像：想像我被兩個雙胞胎電腦人綁架了，他們說一定要看到Key Maker來才肯放人。這樣我就可以有合理合法的藉口晚回家。

可是，從來沒有一次如願。

我不知道，這到底是我運氣太差、台北的治安太好，還是台灣的犯罪行爲都還沒有科技化。

科技，在我家早就成爲生活的一部分。電腦，早就是我家重要的生財工具。每個星期二和星期四，我就是我家的操盤手。你相不相信，十六歲的我在這兩天裡頭，至

終於，你還是走了。 連一句安慰的話都沒有說。

少操控著五千萬以上的資金，還有一堆喜、怒、哀、樂。

你一定不知道，我家經營的是哪一種行業。（台下無聲）你果然不知道⋯⋯你知道嗎，我不但是操盤手，我爸爸還把負責人的身分讓給我。理由是：我還沒滿十八歲。萬一被抓，也不會關很久。

難怪他還當選過模範父親，理由之一正是：關心子女前途；第二理由是：重視子女教育，電腦那麼貴，他早就買來給女兒玩ㄊㄧˋㄊㄨㄛˊ。不要笑，這是眞的！不信等下你就可以看到我家那個超大的匾額。其實，沒什麼好不相信的，因爲他是里長，自己寫，自己報，當選之後自己放鞭炮！

不跟你發牢騷了，我家到了⋯⋯沒有溫暖的家到了⋯⋯

我家到了……沒有溫暖的家到了……

第二場 開獎日

我在拜你媽媽啦，小時候她最疼我，說不定看我現在失業可憐我，報一支給我賺一點可以付貸款、養老婆小孩！喔～你看02、04！

燈光先打在一個超大的匾額上。上面寫著：「里鄰之光」。燈再亮，打在另一個匾額上。上面寫著：「模範父親」。然後是新興里里長辦公室的招牌。爸爸一說話，所有人開始活動起來。六合彩開獎日，家裡一堆人。爸爸的桌上有兩支電話，當然也有他的大哥大。

仙姑 里長啊！你們家會不會太溫暖？冷氣也開一下嘛！

忠文 那個lin什麼娜？冷氣去開一下！

爸爸 （一開始就是講電話，其他人聊天泡茶，議論政治，求明牌）好啦，我記得啦，我不記得電腦也會記得……開玩笑，我早就電腦作業了，當然嘛會，這時代，不會電腦就像出門沒穿褲子一樣（檳榔西施晃過），屁股幾隻毛人家看現現……好啦，放心啦……再見再見，喂，中了要請哦！再見再見！（一邊拿筆記人家的簽單，一邊問）

我早就電腦作業了，當然嘛會，這時代，不會電腦就像出門沒穿褲子。

有沒有看到我家那個敗家女？

有沒有看到我家那個敗家女？

忠文 有啊，在看電視啊！（當下一個東西飛出來，打到那人頭上）

媽媽 他說的是我女兒啦！

忠文 （喃喃自語說倒楣）一天到晚坐在那邊看電視，什麼事也沒看她做，我哪知道？（旁人要他講話小心）

爸爸 人家養孩子是心存希望，啊，我養孩子是心肌梗塞！每次都這樣，明知道我星期二星期四公也忙私也忙，她就故意給我拖，不是公車爆胎，就是捷運當機，不信的話，你們等下問她，如果不是這兩個理由，我頭剁下來下來給你當椅子坐！

衆人 你說的喔～

海阿姨 君子一言駟馬難追！

媽媽 （學電視裡的對白或廣告）查甫千萬不要剩一支嘴，最好是講得到，做得到！

爸爸 好啦！我會做給妳看啦！

仙姑 啊你不會自己電腦先打一打？

西施 對啊，你不是說現在不會電腦就像出門沒穿褲子，屁股幾根毛人家看一現一現！（一邊朝他翹屁股）

爸爸 （惱羞成怒）你以爲我不會哦？我打給你看！媽的打電腦誰不會？

衆人 眞的喔～

爸爸 簽單拿來！（真的去「打」電腦）我還會打鍵盤咧！

電話響。

知道啦，我又不是聾子！喂！喂！

媽媽　電話哦！

爸爸　知道啦，我又不是聾子！

爸爸欲接電話，香腸嫂裝瞎擋路

爸爸　這是誰的1000元？

香腸嫂　在哪裡？（到處找錢）

爸爸（猛K香腸嫂）你不是瞎子？! 你不是瞎子？還裝瞎子！還裝！（接錯支電話）喂！喂！

媽媽　不是那一支啦！我知道你不是聾子，可是你不知道你是呆子！

爸爸　喂，里長辦公室，本人替你服務！阿標啊，怎樣？快要開了，怎麼還沒有看到你的單子？打架？阿標被打，（眾人湊過來，挺興奮的）跟誰？單挑？跟誰？啊？廖美珠？那不是你老婆嗎？拜託，我跟你講過幾次了？要打架之前也要看看自己的身材和實力嘛！對不對？小蝦米不要老是去單挑大鯨魚嘛！啊？嗯，拜託，這種受傷哪有可能補助啊？政府欠你啊？

電話又響。

媽媽　電話哦！

爸爸　你等一下，喂，里長辦公室，本人爲你服務！（這時女兒回來了，眾人圍過去）你給我小心一點我跟你說（指著女兒），你永遠把我的話當放屁！

……不是，不是，我不是說你啦，我是在教訓小孩（指女兒），你太過分了你！不是不是，我不是說你啦，勇伯仔要結婚……

眾人（又圍過來大叫）勇伯要結婚？跟誰？

仙姑 是不是那種年齡不拘、殘障亦可的？

海阿姨 是大陸新娘還是越南新娘啊？

忠文 安呢敢好？他連自己的名字都記不得了，娶老婆？不要害人家啦！

爸爸 別的不說，今天早上我在菜市場遇到他，看他拉鍊沒拉，整盤四果都快端出來了，我好心跟他說：「勇伯仔，你拉鍊沒拉哦！」他還不高興，跟我說：「囉唆，平平不是肉！」他是長輩，我哪敢說他過分？可是……啊？他孫子要結婚，你老師咧，也不早說！

眾人無趣地唉嘆一聲又回去做自己的事。

爸爸 喜幛？總統副總統外加行政院長跟各部部長？前面的都沒問題啦，部長不要啦？你跟他說，最近情勢不好，６３３都快變成１１９，內閣隨時會改組，前陣子衛生署長才剛被換掉，萬一拿來那天剛好被換掉，不好看啦，對不對？好啦好啦，我知道啦，他家一共二十幾張選票，我哪敢怠慢？對不對？啊你今天簽多少啦？快哦，要封了哦！等你哦（學0204口氣）哈 哈 哈，再見！再見！媽的！連一個鄰長也要總統的喜帳…

媽媽（對著電視說）啊！事情快要發生了！事情快要發生

夠了沒有？這裡是里長辦公室ㄟ！

了！不要過去！

酒鬼 阿美，你自己好好保重啊～

爸爸（轉向女兒這邊）姑娘，我們來請問一下喔，今天為什麼又給我這麼晚才回家？（朝眾人）來來，你們聽聽看！是公車爆胎還是捷運當機？

女兒（打著電腦理所當然地說）都不是，陳雲林來台灣，到處都有人在圍城抗議，我們就回不來啦！

眾人 喔～

媽媽（跟電視裡演出說話）來人啊！

眾人 在！

媽媽 午朝門外開刀處斬！

（眾人幸災樂禍地要斬他的頭，拿椅子）

眾人 是！

仙姑 午時已到，斬～

眾人 ㄏㄛ死～

場面混亂。

爸爸（掙脫大叫）夠了沒有？這裡是里長辦公室ㄟ，你們把它當成歌仔戲台哦？

海阿姨 古人有云：「君子一言，駟馬難追。」

爸爸 靠北咧！沒你的事啦！

忠文 你剛剛好像那個基努李維一個人打一百個電腦人，厲害喔！

這時偏偏小幹進來。爸爸好像終於找到出氣的地方。

爸爸 小幹，你爸爸呢？躲到哪裡去了？（小幹沈默無語）我不管他躲到哪裡去，你跟他說，先前欠的二十四萬三千六百塊要還啦，欠錢還要簽，你跟他說，做人要有一點分寸一點斬折啦！斬折，懂不懂？（台語）攢ㄗㄚˋ！

女兒聽爸爸罵自己喜歡的人，低頭然後遮住耳朵不聽。

小幹（冷冷地說）那你自己當里長要不要先有一點道德！
爸爸（撲向小幹）你講什麼你？你很帶種哦！（眾人分批拉爸

你這個沒藥「醫」的「E」世代！

爸跟小幹）

爸爸（一邊還罵）你這就是什麼E世代啦，沒大沒小沒藥醫的世代啦！（爸爸被推到辦公桌那邊，看到有一支電話沒講完擺在桌上，又開始罵）

西施 小斡，沒關係啦！我們里長月經來脾氣不好，是你倒楣接到「拳頭屁」！

阿美（朝小幹，溫柔地說）喂，不要理他們啦，拿來我先幫你打進去！

小斡（遞單子給她，冷冷地說）你們家爲什麼都在害人？你們還要害多久啊？（講完轉頭就走）

阿美（站起來，眼淚都快出來了，罵道）你去死啦！

西施（唱）你可以啊戲弄我，戲弄我對你的感情，也可以啊利用我，利用我幫你打電腦，如果你不再愛我，小斡，

你也去死啦！

你眞的不再愛我了嗎？見面也該說哈囉，hello, long time no see你怎麼還沒死？來賓請給閃亮小甜甜掌聲鼓勵鼓勵，好～停！（然後學小幹的語氣說）你們家爲什麼都在害人？做組頭害人家傾家蕩產，賣檳榔害別人得口腔癌，叫我穿這麼短的裙子站在街頭，害人家常常出車禍（撞車聲）你看，又一個！

阿美 你也去死啦！

西施 好！我去死！我去死！反正太平洋沒有加蓋子！老闆，你女兒叫我去死，我休十天假！喔～趕快去告訴安東尼這個好消息！

電話聲。

媽媽 電話哦！阿美，要洗米煮飯了哦！（阿美應了一聲，跑進去）

爸爸（接行動電話，喂了半天）這是哪一國做的爛電話，每次都這樣！

西施 老闆，不好意思，是我的電話！喂～里長伯孤兒院你好，小甜甜在此爲您服務，安東尼喔！等一下，陶斯插撥……

爸爸（心情還是不好，罵）你也一樣啦，我是請你來賣檳榔還是請你來聽電話的？一天領我三千塊，檳榔才多賣五百塊，早知道，我貼一張飯島愛的照片說不定還更有效！（西施根本不理他，兀自說自己的電話）

西施 老闆～飯島愛從良很久咧！

爸爸 他永遠是我心目中的女神啦！

西施（明目張膽地跟對方說）色狼在發飆……安東尼趕快騎你的白馬來接我……

忠文（正在拜拜）可以了啦，他這樣走來走去給你一個人包場看一天，而且你要去哪裡找到這種size的檳榔西施，肉多鮮美，加量不加價！夠本啦！你也不是沒有去過那個制服店，三千塊，拜託，十分鐘就can-jou買單了！叮噹～今天幾支？兩支！!

爸爸 沒你的事啦，我跟你講過幾次了，我家的神明不用你拜啦！拿香幹什麼？

忠文 我哪在拜神明？我在拜你媽媽啦，小時候她最疼我，說不定看我現在失業可憐我，報一支給我賺一點可以付貸款、養老婆小孩！喔～你看02、04！

爸爸 你吃歹一點，人死就死原在了啦，我媽媽如果那麼有靈，她應該讓我先發財啦！不會輪到你啦！

忠文 說不定今天眞的出02、04喔！

爸爸（看阿美不在位子上，大叫）阿美啊，你是死哪裡去啦？傳眞一大堆，你是打進去了沒？死人沒保佑，活的是每天給我氣，阿美仔，你是死哪去啦？

媽媽 阿美啊，你是死哪去？你爸在叫哦！

阿美（捧著電鍋的內鍋出來，跟媽媽說）啊你不是叫我去洗米？

爸爸 七早八早洗什麼米？什麼都不做你只想吃，我是在養女

兒還是在養豬啊！

阿美（哀怨、生氣）如果我是豬，也是你生出來的啦！

爸爸（撲向女兒，被眾人攔住）你講什麼你？你講什麼？早知道長大是這樣，當初幫你換尿布的時候，我就用尿布把你活活悶死！

仙姑 還好你當初沒有這樣做，不然今天就沒有人幫你打電腦！

爸爸 打電腦？我也會啊？（衝向電腦欲打，眾人攔）

西施（講完電話，跟爸爸說）老闆，我今天要先走哦！

爸爸 你又要先走，你的事業也做太大了吧？

西施 今天檳榔西施工會要開會，討論如何避免老闆性騷擾啦！

爸爸 啊～我沒有！我沒有！去啦去啦！

西施 謝謝，你眞好！我就知道，你每天用的是關愛的眼神看我，絕對不是騷擾（做飛吻），將ㄋㄟ～

衆人 哇～

西施 Bye bye, see you tomorrow！

衆人 See you tomorrow ！

爸爸 See you 肖查某！

媽媽 See you 肖查某！阿美啊！小甜甜走了，門口換你顧了哦！

爸爸 阿美！去包檳榔！

阿美（生氣地站起來）什麼都是我，我一個人要演幾個角色啊？

酒鬼　哎呀！不行啦！阿美走了，誰來打電腦啊？

仙姑　啊～你自己電腦不會自己去打一打喔！

爸爸　打電腦？我會啊！（再度衝向電腦，場面嘈雜混亂）

就在雜聲到了忍無可忍的時候，忽然一片漆黑。眾人安靜。

媽媽（叫）電視壞去了哦！

酒鬼　電腦當機啦！

仙姑　里長啊～你家是沒繳電費喔！那A停電啦！

（到底停電還是斷電，里長怎麼都不知道……等等的雜聲吵成一團。）

媽媽　那A安呢？我的電視咧？電視那A沒去啊！怎麼辦？（媽媽的聲音做本場結束）我怎麼好像住在瘋人院？我到底出院了沒有？怎麼沒有人回答我？

（又是到底是停電還是斷電，里長怎麼都不知道……等等的雜聲吵成一團。）

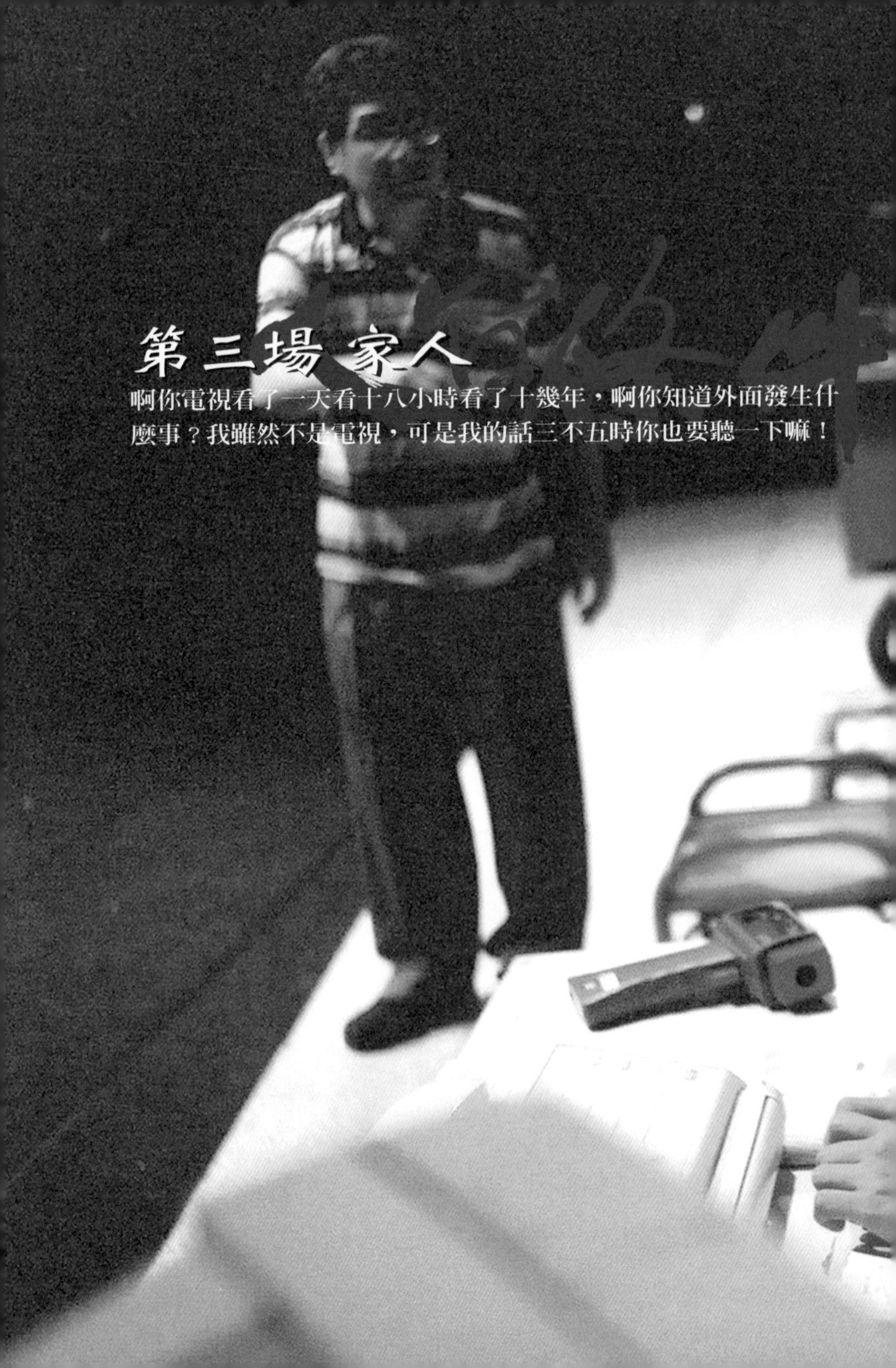

第三場 家人

啊你電視看了一天看十八小時看了十幾年，啊你知道外面發生什麼事？我雖然不是電視，可是我的話三不五時你也要聽一下嘛！

燈亮起時，眾人已散盡。檳榔攤的招牌亮起。

阿美在檳榔攤賣檳榔，一邊看書。媽媽依舊在看電視。爸爸講電話。

爸爸 香港沒有台電，台電也管不到香港，我怎麼知道它會停電啊？不要帶兄弟來啦……又不是我的錯，很快就可以解決啦……

媽媽 （看電視，情緒完全配合爸爸的情境）你這個劉文聰怎麼這麼歹死，人家都這樣跟你賠不是了，你還不原諒人家！做人不要這樣啦，不然完結篇的時候，你一定死得很難看！

爸爸 （跟對方說）不是啦，不是講你啦，我太太在看電視劇啦……可是情節很像啦……

電話響。

電話還是很多，有一部分是他哀求人家一定要參加免費的自強活動，晚上還有特別表演招待。鄰居A忽然不想去。

爸爸 一堆人忽然不去，我會沒面子，遊覽車都定好了（小聲說）委員特別交代，不會失禮的……（忽然大聲吼道）什麼主持正義？不要講得跟元旦文告一樣好聽啦，你根本就是軟土深掘，吃我的軟豆腐！帶種你鴨頭帶來，當場把我幹掉，不然，我跟你說，你有人，我也有人！（一邊說一邊走向檳榔攤）

媽媽 （大聲叫起來）不要這樣，我會驚！我會驚！

爸爸走回去，放下電話安撫媽媽。

爸爸 （對媽媽非常溫柔）好啦，沒事啦，我不是跟你說過，外面風雨再大，我也會讓你跟阿美的衣服乾乾，不要怕啦！不要一直看電視啦，你也起來走走運動一下！

媽媽 啊，我不看電視，我怎麼知道外面發生什麼事？我不就跟你一樣，空空！

爸爸 啊你電視看了一天看十八小時看了十幾年，啊你知道外面發生什麼事？啊你敢有卡精光？外面的事情你都知道？外面眞的有命中注定我愛你哦？

媽媽 你落伍了啦！命中注定我愛你早就演完了啦！現在都看波麗士大人啦！

爸爸 拜託，很晚了，去洗澡啦！

媽媽 也沒有用啊，哪得洗？碗盤是用過才要洗，我身軀也沒用，幹嘛要洗？

爸爸 啊我不是跟你一樣，十幾年沒有用，我還不是天天洗？這樣要用就隨時可以用，對不對？你們那個電視不是在講，爲著生活每日丟來洗身驅！

媽媽 啊～我貴妃呢！

爸爸 喔！我雖然不是電視，可是我的話三不五時你也要聽一下嘛！

電話響。

爸、媽 電話哦！

爸爸 我知道啦！

喂！里長辦公室，本人為你服務。

爸爸去接電話，阿美看著看著，收東西，關掉檳榔攤的燈光，拿著書回到電腦桌的位置看。

爸爸 （接起的是委員助理的電話）喂，里長辦公室，本人爲你服務。啊，王委員，還沒睡哦！是是是，明天早上六點出發，沒問題啦，我只要說是委員的好意，六部遊覽車，一下子都滿……沒有沒有，這都是委員有號召力……我知道啦，這種事就不要委員操心了，我們都勾結，不是都交陪多少年了，對不對？默契默契……啊，你幾點來跟大家講講話？好好，再見再見……（掛電話後看到阿美在唸書）啊你收了哦？這麼早就收了哦？

阿美 賣完了啊！

爸爸 賣完你不會再包哦？我書沒唸你多，我也知道服務鄰里要主動、熱情、奉獻犧牲，啊你都不知道要爲這個家主動熱情一點？你這樣書唸再多有什麼用？還給我唸私立的，我看你衣服換一換回來賣檳榔啦！

阿美 （小聲）如果要賣檳榔，根本不用換衣服啦，裙子穿短一點就可以啦。

爸爸 你說什麼？

阿美 我說我就是要唸書啊，我要考試ㄟ，我從回家到現在，就被你們叫來叫去罵來罵去，我哪有時間唸書？

媽媽（看電視，發表意見）可憐哦！世間哪有這種父母！

爸爸（朝媽媽）拜託，你電視看就看，不要西西唸好不好？我在教訓小孩呢！我跟你說啦，讀書不是一天兩天的事啦，讀書是一輩子的事啦！我小時候，家裡窮，我跟你說，你阿嬤爲了省錢，晚上一到八點，燈就關掉，我只好跑到公共廁所，電燈只有五燭光。

阿美 五叔公喔！

爸爸 不是啦！五燭光啦！五燭光的電燈啦！蚊子蒼蠅這樣飛來飛去，你爸，左手拿書，右手這樣揮，雙腳還要躲便所蟲，我還是一樣念，一樣考試！

阿美 就是這樣，所以才會變成今天這種樣子！

爸爸 知道就好，所以我今天最起碼是一個堂堂正正中華民國里長！啊，對了，講到你阿嬤，你明天是不是放掃墓假？

阿美點點頭。

爸爸 我跟你說，我跟你媽要去自強活動，沒有空，阿嬤的墓，你去掃一掃。

媽媽 啊！（一聽到自強活動，跑進去）

阿美 人家後天就要考試ㄟ～

爸爸 就是要考試我才叫你去啦，你小時候都是阿嬤帶大的，她看到你一定比看到我還高興啦，說不定會現明牌，考試答案都現在墓碑上給你看，讓你考一百分！

媽媽拖著行李箱出來，阿美過去幫忙。

爸爸 唉喔，你怎麼跟小孩一樣，明天早上才要走啦，你急什麼？

媽媽 我要看看你東西有沒有準備好啊？

爸爸 有啦！

電話響。

爸爸 （賭氣似地跟媽媽一起喊）電話哦！知道啦，（然後無奈地接電話）（阿美跟媽媽開行李點東西）里長辦公室，本人替你服務。你也不能去？你爲什麼現在才講？你一家八個人，都不去，能看嗎？現在都坐那種阿囉哈的耶！半輛車就空了耶！不好看啦！嗯嗯……拜託，請你去玩，你還要講價？嗯，我知啦，不用講得那麼好聽啦，什麼誠信原則，你選舉一直都嘛選四個小孩跟一種動物，什麼小孩？四個小孩在轉地球的啊！什麼動物～櫻花鉤吻鮭啦！好啦，這樣啦，我出五百，你明天出現一下，等委員講完話，要下車再下車好不好？算我拜託你好不好？好不好？（頹然放下電話，無力地喃喃罵了一聲，閉起眼睛往後一躺。）媽的，民逼官反，官不聊生！眞的……

阿美 （拿起一包小孩的紙尿布）爸，你買這個做什麼？

爸爸 （看了一眼無力地說）啊你媽說要買廣告裡的紙內褲啊！

阿美 可是你買的是紙尿布ㄟ！

爸爸 一樣啦！

媽媽 不一樣啦，這麼厚，南部又熱，會長痱子ㄟ！

爸爸 那再買痱子粉啦！

媽媽 我不要啦！你先去換啦！不然我明天不要去啦！不然你小甜甜去啦！

爸爸 這跟小甜甜有啥關係？

媽媽 哪會沒有？你們兩個每天這樣眉來眼去的，還性騷擾咧！以爲我不知道唷！她每天檳榔賣500元，你一天給她2000元，當成我瞎子！我是秀才不出門能知天下事啦！要不要換，不換就是不愛我啦！我就知道，你不愛我啦……

爸爸 好啦！好啦！阿如～你不要魯了！我去換，去換！你先去睡覺啦！

阿美安撫媽媽，說會替她換，帶媽媽進去。

媽媽 老公～命中注定我愛你喔！

爸爸 好啦！好啦！想你喔！

爸爸開始打呼。

阿美出來，去拿書，看看爸爸，然後猶豫了一下，把燈逐一關掉。只有打呼聲。

第四場 清明掃墓

阿嬤，我跟你說眞的，我在家裡的時候不想上學，放學的時候不想回家。有時候坐車或走路的時候，我都會想說：我在做什麼？從不快樂的地方又要到另外一個不快樂的地方……

墳墓前擺的供品是一堆麥當勞的各式產品。香煙裊繞。
阿美在擲杯。一直沒有勝杯的樣子。

阿美 阿嬤，你不要這樣啦，這是麥當勞ㄟ，我各種餐都買了ㄟ，你起碼挑一種吃吃看嘛。爸爸媽媽都不在，我買什麼拜你都很麻煩ㄟ，爸爸叫我要準備牲禮，這裡都有啊，你看，有肉，有魚，也有雞，我還原味辣味通通買ㄟ，你趕快吃，趕快給我勝杯，不然，我快餓死了，阿嬤，拜託啦，不然，我要哭哦！

一丟勝杯。

阿美 Yes! 謝謝阿嬤。（坐下來開始，喝可樂，吃薯條）哇，好幸福哦！（吃著吃著，忽然低沉下來）阿嬤，我問你哦，你在裡面，到底快不快樂啊？

很多人說，死了，就是一種解脫，那應該很快樂對不對？可是，活的人爲什麼要哭呢？是不是哭自己還沒辦法快樂呢？我不知道。可是我也不敢問。在學校，只要你問的是書上沒有寫的東西，老師最後都說：「自己去看書！」在家裡，爸爸或媽媽的回答都是：「你問我我問誰？不會自己去看書？」

所以，我好像只能問你了，因爲只有你有經驗。可是，

你又沒有辦法告訴我。我一直想問，是因爲，阿嬤，你知道嗎？我很不快樂。

在學校，沒有人會在意我。因爲，我成績爛，可是是普通爛。我身材爛，可是也是普通爛。如果爛到最高點，起碼人家還會注意我。可是，偏偏就是普通爛。

在家裡，你跟爸爸相處比我久，你應該比我清楚，他什麼時候會讓人家快樂過？而我的世界，只有這兩個地方啊，學校和家。

所以，你知道嗎，阿嬤，我跟你說眞的，我在家裡的時候不想上學，放學的時候不想回家。有時候坐車或走路的時候，我都會想說：我在做什麼？從不快樂的地方又要到另外一個不快樂的地方，那我幹嘛怕遲到？幹嘛怕太晚回家？有本事可以晚一點到不快樂的地方，不是很聰明嗎？應該被嘉獎或被讚美才對啊，爲什麼，偏偏不是被記過，就是被罵？

有啦，有一個人，我只要看到他，都會小小的快樂一下，你不要跟別人說哦，他叫小斡。可是你知道嗎，他很討厭ㄟ，每次，都用下巴，這樣這樣跟我說話！我是怕他不理我啦，不然我眞的很想跟他說，小斡，你夠了，人家李登輝下巴那麼長都沒有拿下巴當嘴巴用，你憑什麼！

我會懷念小時候ㄟ。跟你住在一起的時候，大概是我最快樂的時候了。在幼稚園，一直玩，玩得很快樂，回家，娃娃車還沒到，就看到你笑瞇瞇地在門口等我。然後你會問，今天有跳舞有沒有？有唱「郭」有沒有？我就算唱得再白痴，跳得再白痴，像這樣：（兒歌一首片段加舞蹈）你都會說，好棒好棒，再來一個！

我還記得，你還會教我唱日本歌：（紅蜻蜓片段）我剛學會的時候，你都會帶我到處去獻寶。我現在會唱更多哦，我唱給你看：（唱一段日本流行歌曲）怎樣？阿嬤，很棒哦！可是，我都不敢唱給別人聽，一唱人家就說我哈日。奇怪ㄟ，那唱英文歌就沒有人說哈美，聽古典音樂就沒有人說哈歐。

有一天，V6來台灣，我想去聽他們唱歌，爸爸就是不讓我去，說：「V6有什麼稀奇，我V8啦！」

然後看到歌迷追著他們跑，就說：「要是我女兒也這樣不要臉，我就把她的腳砍掉！」奇怪呢，那每到選舉的時候，他就追著候選人的演講場子跑，也一樣「當選當選」這樣亂叫，可是怎麼就沒有人要把自己的腳砍掉？

像這樣的話，阿嬤，我好像也只能跟你說而已。
可是，我說了，你再也不會笑瞇瞇看著我，然後說，好棒好棒了。

忽然，阿美不自覺蹲坐拍掌説話。

阿嬤（台語）誰說！哇，阮阿美仔，好棒好棒！

阿美（站起來環顧左右）阿嬤，是你嗎？好久沒有聽你這樣說了ㄟ！

然後又蹲坐下來。

阿嬤 阮阿美好棒好棒哦！唱「郭」好好聽哦！好棒好棒哦……安呢你有歡喜，有快樂一點有沒有？

阮阿美好棒好棒哦！唱「郭」好好聽哦！好棒好棒哦……

第五場 現身

稍等一下，稍等一下，我看一下，喔～這印堂發黑，臉色鐵青，三魂少了七魄，這不是 SARS ，我還可樂咧！這是去卡到陰的啦！代誌眞大條，我要回去請神明來問問看，順便畫一些符仔來押！

講來沒良心啦，有人旅費、零用錢拿一拿就要落跑。

家裡一片哀鴻遍野的景象，一堆人全部是受傷的、綁繃帶、手吊起來的。有人在收驚，念咒的聲音，打電話的聲音……屋子裡一樣香煙裊裊。電視記者正準備訪問，西施邊打電話，一邊故意在鏡頭前晃來晃去。電視鏡頭沒事會往她拍去。

仙姑 天靈靈、地靈靈……（仙姑幫媽媽收驚）

一堆人圍過去看，然後說：「啊，SNG連線啦！」（有人朝鏡頭做V字）

記者 記者現在所在的位置是新興里的里長辦公室，十點左右發生在龜山附近的遊覽車車禍，大多數都是新興里的里民，現在我們就請……（拉了一個鄰居）當時正在車內的傷者爲我們描述一下當時的情況……

西施用電話向男友即席轉播。

海阿姨 （和記者展開慣見的麥克風爭奪戰，吹氣，問說：「有聲音哦？」後面看電視的人說：「有啦，聲和影都有啦！」）是這樣啦，我們有五部車啦，不過，大部分都沒坐滿啦，（爸爸衝過來要他不要亂說，被水電工拉住）

啊，我們這一部是最後一部，里長坐在裡面，押陣，講來沒良心啦，有人旅費、零用錢拿一拿就要落跑(里長又要來阻止，又被人拉住)。啊，車子才要上高速公路，路邊有人在賣西瓜，里長疼太太是有名的，(里長這時稍稍收斂，面露得意之色）怕老婆在車子裡口乾，所以就下車買了幾個。車子又走，前面就有人喊說：（其他人開始演出當時情況，有人喊：「里長伯仔，西瓜傳幾個過來。」)「我們里長愛里民也是出名的？」(里長更得意了）當然就二話不說傳了過來（其他人演出，被訪問者開始有如武俠廣播劇一樣說起來，後面的人演出情況)，但見一個西瓜以美麗的弧度掠過走道飛向前頭，誰知道這時候有一個到現在都沒有人承認的罪魁，忽然從座位上站起來，當下運足十成功力，雙掌一揮，西瓜直飛車頂，一顆星打到擋風玻璃，再一顆星剛好彈到駕駛的臉上，駕駛被這突來的暗器一傷，當下滿天都金條，要ㄕㄚ沒半條，人一歪，方向盤一帶，車子開始衝向山壁，後來只聽到一聲巨響，等我們醒來的時候，就是這樣，每個人都像垃圾桶撿回來的洋娃娃，慘～慘～慘～啊！

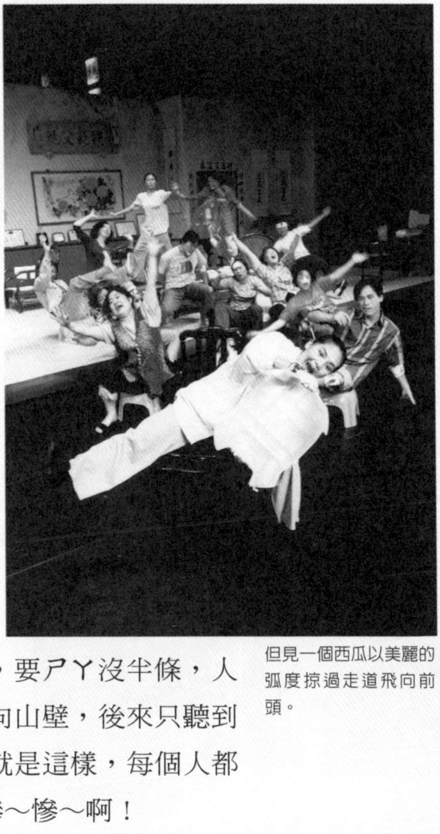

但見一個西瓜以美麗的弧度掠過走道飛向前頭。

後面的人開始爭論是誰先站起來。

記者 那請問你們現在迫切需要解決的是什麼？

仙姑 這個，大家都知道，我們里長是王立委的樁腳啦，（里長又要過來，被攔住）這次自強活動就是王立委招待的啦！（里長大叫：「你不要亂講！」）（朝里長）人家這是王立委的好意，要讓大家都知道啦！立委平常待人不錯，過年過節也都有禮物，不過，這次活動啊，也是爲了年底選舉嘛，那我們也算是因公受傷，希望，立委多多少少能給我們一些補助！不然，啊我手這樣，選舉，我的票怎麼蓋得下去！

他的頭都撞到碼西碼西，這樣的人能相信嗎？

爸爸（終於衝到鏡頭前，拉開那個人）你是要害死我哦，（朝鏡頭）以上所說的，都是誤會，他的頭都撞到碼西碼西，這樣的人能相信嗎？能嗎？不能嘛，對不對？

記者 （搶過麥克風）以上是本台記者在新興里的報導，現在把鏡頭交還棚內主播。

衆人 補助～補助～補助……

里長去跟記者求什麼，但記者不理他，西施繼續轉播里長跟記者的糾纏，而所有人還在爭論到底是誰站起來，把西瓜拍掉，吵成一團。爸爸失望的轉身回來。

爸爸 車沒把你們撞死，我都被你們害死了！你說那什麼說？

海阿姨 我實話實說啊！

爸爸開始教訓眾人，西施也停止轉播，回身發現阿美回來，拿著籃子和鐮刀，西施指指裡面要她小心，阿美要進去，忽然被一股力量拉回來，上下打量西施。

車沒把你們撞死，我都被你們害死了！

西施 看什麼？沒看過？我有的你都有啊！

阿美 我才不要看咧……（忽然被一力量拉回來，語氣一變）你這個查某，穿這樣？我看若不是不知見笑，就是三八到有剩！

西施 啊你是看到鬼喔！忌妒我！

爸爸 （不知所措之下，找到出氣點）阿美仔，你是死到哪裡去，現在才回來？

阿美 你不是叫我去掃墓，拜拜。

爸爸 騙肖的，一個死人拜那麼久？（逼向女兒）你沒看到家裡……

阿嬤 （忽然很大聲，台語）不成死囡仔，你給我跪下去，你現在在說啥？

全場誇張驚動，爸爸倒退幾步，所有人動作凝固，眾人聲音放小。

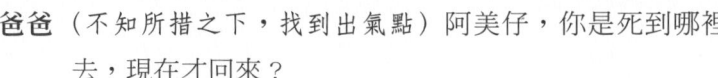

阿美（驚嚇，四處看）爸爸！

爸爸 免叫，你剛剛說什麼？

阿嬤 爸爸（拉鋸）……我說你不成死囡仔，不孝子，早知道你是這款前生，你出生的時候我就用尿布把你悶死！

媽媽 這是世間還是陰間啦？（收驚婆說，我不知道呢，我現在也看沒！）

爸爸（逼向阿美）你今天眞的去跟死人借膽呢……

阿嬤（開始發飆）擱叫我死人！（邊罵邊打爸爸耳光，扭耳朵，用指節敲爸爸的頭）擱叫我死人！就是我死，你才會欠教示，才會這麼匪類！

衆人（攔住阿美）小孩子不能這樣，你爸爸受傷呢！快跟爸

擱叫我死人！就是我死，你才會欠教示，才會這麼匪類！

爸道歉，不然等下你會死得很難看！阿美，你是不是吃搖頭丸才亂成一團？

小幹這時過來買香菸，被西施拉在一旁，看著亂成一團的屋裡。

阿嬤（用力撥開眾人）我在教訓小孩，沒你們的事啦，不然我等下連你們都打參落！

爸爸（大怒）你們聽聽看，公然毆打老爸叫做教訓小孩，這有天理嗎？你爸今天不給你一頓粗飽，那我從此是不是就要變成你的兒子，叫你阿母了！（說著抓起枴杖衝向阿美）

阿美動作更快，抓起雞毛撢子扁爸爸，兩人打在一起不相上下。

爸爸 哇～力氣好大！（僵持許久，阿嬤一使力，爸爸向後倒向眾人）

阿嬤 做我的兒子你不歡喜是不是？是不是？若這樣我就順你的意，打給你死，打厚你做豬、做狗、做禽獸！（話說完，隨手拿起雞毛撢子衝向爸爸，爸爸也拿起外省老伯伯的枴杖還擊，兩人打在一起不相上下。僵持許久，阿嬤一使力，爸爸向後倒向眾人）

爸爸 好啊！我今天若沒給你一頓粗飽，我是你兒子！西施，家私傳來（接起西施丟出的雨傘又打向阿嬤，阿嬤再度還擊，爸爸又被打倒）

兩位鄰居以國術動作跳至舞台中央，對打了一陣，背後有人在敲鑼鼓點，也有人舉起「唐美雲歌仔戲團」的旗子，爸爸愣住。

仙姑 馬伕帶馬～

忠文 是！

仙姑 馬僮帶馬趕路行，前有猛虎後追兵，奉天庇祐脫險境，催馬加鞭往前行

衆人（歡呼）水啦！

爸爸 啊你們現在是在做啥？

仙姑 不是在排歌仔戲嗎？

爸爸 排個頭啦！還唐美雲歌仔戲團！

仙姑 這是贊助商咧！

爸爸 你們還給我搞置入性行銷啊！收起來！可惡！你不知道你爸爸是練過宋江陣的嗎？將我的雙刀拿來！

阿嬤 啥咪都展出來啦！

爸爸（西施遞上湯杓及切仔）看我的雙龍斬妖女啊！！（隨鑼鼓點繞向阿嬤）

阿嬤用雞毛撢子打爸爸的頭，爸爸也用切仔及湯杓擋，如此不斷的重複動作，阿嬤已停止，爸爸卻忘情在武打的動作中。

阿嬤 頭家啊！麵一碗！

爸爸　隨來！（又舞弄一陣）啊有欠什麼嗎？

阿嬤　滷蛋一顆！（朝爸爸的頭打去）

爸爸又倒地，眾人扶起，阿美回過神來，有點錯愕的表情。

阿美（也許看到小幹驚慌的眼神，掙扎地拉住自己打人的手，大叫）這不是我，真的不是我！

爸爸　不是你，那我是被鬼打到！

欲衝過去，眾人拉，忽然，阿美倒下來，小幹連忙扶住她！

爸爸　你老師咧，原來你叫這個死小孩當你的靠山啊！（又要衝過去）

阿美掙扎起來又要反攻，爸爸本能地退，但見阿美自己拉自己，又起又倒，最後躺在地上滾來滾去。

西施　阿美，阿美，你是怎樣啦？

爸爸　她在裝死啦！

所有人過來看，嚇一跳，拉住爸爸。

忠文 沒啦！你看，阿美怪怪的呢？阿美，你怎樣啦？萬金油拿來擦一擦啦！

酒鬼 會不會撞邪啊？她今天有去哪裡嗎？

爸爸 我怎麼知道？我只是叫她去替我媽掃墓而已啊！

衆人 掃墓？！（疑惑貌）

酒鬼 會不會是好兄弟上身……

眾人嚇得逃開

忠文 你靈異節目看太多喔！

西施 （哀傷地）阿美，你快起來啊，你看，多幸福啊，終於可以躺在心愛的男人的懷中呢！

小幹、爸爸（一起說）你在講什麼啊？

爸爸 閃啦！你娘咧！

西施 老闆，小甜甜從小就是孤兒，沒有媽媽，哪來的你娘咧！（唱）有一個女孩叫甜甜……

阿美 你在講什麼啊……（忽然口氣一變）你是誰？你怎麼把我抱這麼緊都不放？

小幹一聽連忙放手，這一放，阿美打滾翻騰得更厲害。

忠文 我看一定是去沖犯到什麼，（朝收驚婆喊）仙姑啊，你比較內行，過來看看啊？

仙姑（有點猶豫）稍等一下，稍等一下，我看一下，喔～這印堂發黑，臉色鐵青，三魂離身，七魄不附體，這是去卡到陰的啦！代誌眞大條，我要回去請神明來問問看，順便畫一些符仔來押！

阿嬤（忽然坐起來）喔，你什麼時候又會畫符了？小時候念書都和這個死囡仔拚最後一名的，現在什麼時候學會畫符了？

仙姑 啊？你怎知道？

阿嬤 我哪不知道？還要請神明？你家那尊神明若有性，狗屎都可以吃！小時候你跟這個死囡仔玩到沒東西玩，還把他抱下來辦公伙仔，鬍子被你們拔到沒半隻，也不會跑，後來還是我剪自己的頭髮給他做鬍子，你以為我不知道？

眾人雜聲，抱怨說難怪明牌都亂開。也有人說，白花香油錢。

仙姑 這事情只有我和他，還有……你……知道，所以你是……桂花嬸仔附身！？桂花嬸啊！（跪下）

爸爸 你是……阿母？（忽然跪下來）阿母！

阿美（看爸爸跪。震驚地去拉他）爸，不要這樣啦，我是阿美啦！

爸爸 不是，這款丟臉代誌，只有阿母你知道，阿母～

阿美 我是阿美啦！

衆人 伊是阿美啦！

爸爸 沒啦～這是阿母啦！

阿嬤（大剌剌地拉椅子坐，腳跨上來，晃著）免叫啦，我不是你阿母啦！

爸爸 你阿母啦！

阿嬤 不是啦，我死人啦！

忠文 死人！死人要拜啦！

眾人一愣，忽然都過來「參拜」，求明牌的，說葬禮沒參加是因為家裡有事求情的，也有感謝她小時候照顧他的。西施和小幹不知所措。忽然阿美離開椅子過來，兩個人有點害怕地躲。

阿美 我是阿美啦！爲什麼不相信我呢？
我眞的是阿美啊！

免叫啦，我不是你阿母啦！

媽媽　阿美～阿母～你是阿美還是阿母？

她一直走向兩人，兩人一直走避，阿美一直說，一直跟著下台，眾人跟著跪拜下台。燈慢慢熄掉。

第六場 恭迎、衝突

死人都可以千辛萬苦的爬回來，我就不信一個活人叫不回來！

晚上，家裡的燈暗了許多，檳榔攤的燈倒是亮著。阿美坐在攤位上包檳榔、賣檳榔。家裡這邊氣氛詭異，爸爸端著一大盤雞、肉、魚的三牲走出來，媽媽則端著四果盤，跟在後面出來。爸爸站在那邊探頭探腦地看。

媽媽　（忽然大聲）阿母，吃飯了！

爸爸　（嚇一跳，整盤三牲幾乎掉下來）你要讓阿母嚇死啊？你有看過人家拜神的時候這麼大聲吼的嗎？

媽媽　啊阿母現在又不是神，她就坐在那裡啊！

爸爸　坐在那裡的是阿美，你的女兒阿美！阿母不會包檳榔啦！她死的時候（女兒那邊忽然咳嗽幾聲，爸爸嚇一跳，改口）她她駕崩的時候，我們家還沒有賣檳榔啦！

媽媽　對啊，啊阿美就是阿母啊！啊阿美就是女兒也就是阿母

你要讓阿母嚇死啊？你有看過人家拜神的時候這麼大聲吼的嗎？

拜託，什麼祭拜？我阿母現在是活的呢。

坐在那兒啊！不然，咱傳這些是要給鬼吃？

爸爸 （拉了一下太太）啊你是在講什麼啦！……啊……啊如果照你這麼說，那我們要請媽媽吃飯，就是要請女兒吃飯，那……那這些東西都是整隻整尾的，你叫她怎樣嚼下去啊？

媽媽 我哪知？你說要這樣準備的啊！

爸爸 啊你電視整天看，看了十幾年，難道沒看過這樣的劇情？

媽媽 沒呢！（忽然想到）啊，完了，我的霹靂火要燒完了啦！（跑去開電視）

爸爸 別看啦！我們家這一齣曲折離奇、死而復生，甘會比電視更難看？

爸爸正想罵，忽然有很誇張的罐頭筒推出來，上面寫著：「恭迎　江府林太夫人　重返人間　新興里全體里民叩拜」。隨後是仙姑以及幾個鄰居，一樣都端著類似的祭品，最後一個端著一堆金紙、香和蠟燭。

爸爸 啊，這是什麼情形？太誇張了！閃啦！

仙姑 我們來祭拜桂花嬸啊！

爸爸 （瞄一下阿美的方向，罵）拜託，什麼祭拜？我阿母現在是活的呢！

酒鬼 你阿母活的（大聲，眾人噓），那當時出殯的時候，我

Cheese cake 碗粿？好，沒問題，我馬上去傳。

送白包送假的啊？

爸爸 啊你結婚的時候我也送紅包外加喜幛，你離婚的時候有沒有還我？

仙姑 哭夭啊，現在在吵這個，桂花嬸已經往生，這是事實，對不對？（眾人點頭）所以，現在是神在人身上，對不對？（眾人點頭）我們要拜的是神不是人對不對？（眾人點頭）就像我們要拜的是神，不是那個木頭刻的尢仔，對不對？（眾人點頭）所以，我們現在就是要照拜神的方式，把神請出來，好好奉待！好好敬拜！你們說對不對啊！

眾人又點頭。

忠文 你看，你要聽學者專家的意見嘛！（眾人點香，爸爸猶豫了一下）

爸爸 不過，你們現在是在拜啥？這是啥？

衆人 烤雞！

爸爸 這個咧？

衆人 三層！

爸爸 啊這咧？

衆人 豬頭！

爸爸 拜是拜我阿母，這沒錯啦，可是，吃，是阿美在吃，（環顧左右）這一堆，阿美如果通通ㄅㄧㄚ、落，那不是要送醫院？

仙姑 拜託，請問一下，你什麼時候看過神明眞的下來吃東西的，吃的都嘛是人！（眾人稱是）

忠文 人家專家就是專家！

爸爸 好啦！阿如，緊來拜啦！（爸爸叫媽媽一起拜）先考，啊不是！先妣，啊不是！江府林太夫人，不對！ㄟ……親愛的阿母啊～今天新興里的里民一片好心，傳了一些三牲四禮，來祭拜你！一拜，風調雨順，二拜，國泰民安，SARS離開台灣！（眾人喃喃有詞地拜請）

阿美慢慢走過來，眾人有點驚嚇、稍倒退。小聲說：「來了，來了！」祈禱聲加大。

阿美（看看大家說）你們在幹嘛啊？我們什麼時候吃飯啊？

仙姑 準備不周，請你赦罪，請你赦罪……

阿美（看看祭品，抓豬頭起來看）這樣吃哦？不會吧？

爸爸 如果你不歡喜，我們另外去傳，另外去傳……

阿美（有點疑惑，不過，還是客氣而且小心翼翼地說）眞的嗎？

爸爸 當然，現在你最大！而且我現在是個里長，什麼大風大浪沒見過，傳東西小意思啦！只要你講得出來，我就可以傳得到！

阿美 那我想吃……披薩（所有人跟著唸）……熱狗……雙層勁辣喀啦雞腿堡，我要雙層起司生菜多一點不要番茄要洋蔥，美乃滋兩陀，再來一個蘋果派！

爸爸 啊～蘋果壞（台語）掉了，點來做啥？

阿美 不行喔！

爸爸 可以～當然可以！

阿美 那再來一個甜點，芒果單吊粒粒爽！

爸爸 什麼爽？芒果怎麼會爽？

君茲 啊～我知道！士林夜市有在賣！

眾人一團亂，分配任務，分頭去買。

爸爸 阿母啊！你以前最愛吃那個碗粿，要不要我去買來給你？

阿美 可不可以……換成cheese cake？

爸爸 Cheese cake？Cheese cake碗粿？好，沒關係，我馬上去傳～

媽媽 電視沒演耶……

爸爸 芒果怎麼爽咧！芒果……單吊……啊加一台啦！

爸爸、媽媽也下去買。

阿美（感動）好幸福哦。我現在才知道，我爸爸媽媽其實是很愛我的！

阿嬤 你吃歹一點！你老爸是驚我，不是愛你！（過去翻各種供品）囡仔就是要打才會驚，你看，打一打，什麼東西都攏買來拜，以前，都說沒空，擺幾個碗，裡面給我放幾個銅板，叫我說喜歡什麼自己去買。死囡仔，一個碗裡面擺二十塊，我能買什麼？台灣錢現在眞沒價，你們敢攏不知？二十元，連一碗蚵仔麵線都買不到！

阿美　你那裡……連蚵仔麵線都有哦？

阿嬤　哪會無，連地下錢莊都有咧，而且是眞眞正正的「地下」錢莊！

忽然看到電視，呆住。

阿嬤　阿美，這個人哪會在電視上？

阿美　這個人常常在電視上啦！

阿嬤　伊現在在演戲哦？

阿美　阿嬤，拜託，現在是報告新聞ㄟ！

阿嬤　新聞？呀伊是做什麼壞事是不是？你替我聽聽看嘛！

阿美　他講的我都聽不懂啦，講的都是國家大事，經濟大事。

阿嬤　那他很大哦？

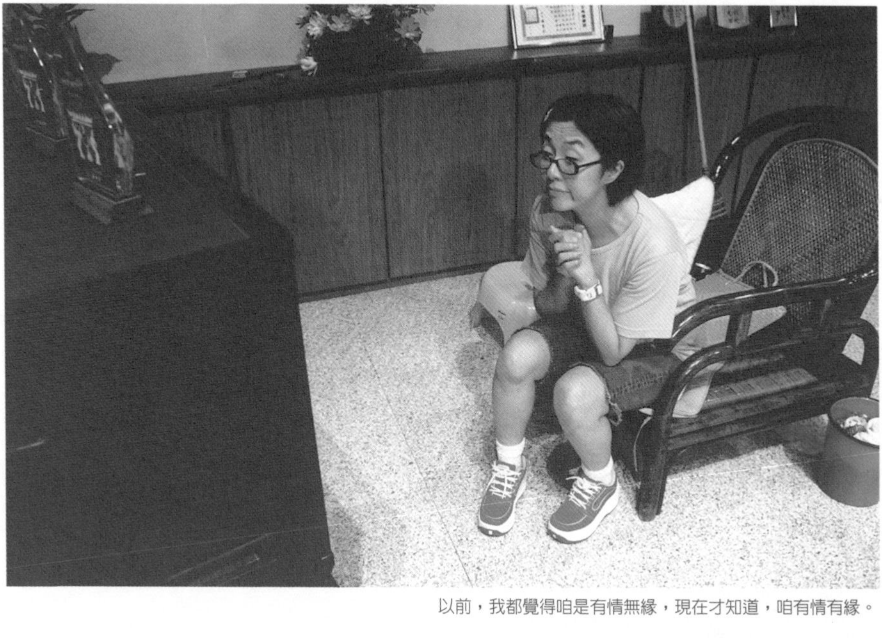

以前，我都覺得咱是有情無緣，現在才知道，咱有情有緣。

阿美 很大啊，全世界都很有名的大老闆啊，連總統有時候都會請教他呢？（阿美又被阿嬤拉回來看電視）

阿嬤 （痴迷狀）莫怪，你看，越老越有氣質，越漂泊！以前，我都覺得咱是有情無緣，現在才知道，咱有情有緣，只是沒那個福分！

阿美 阿嬤，你很噁心ㄟ，我們跟偶像也不會講這種話！

這時，小幹出現在攤位那邊，阿美看到欲過去。

阿嬤 （急躁）等一下啦，再給我看一下啦！啊？沒去了啦！

阿美 播完了啦！（又要走）

阿嬤 （大聲）擱把伊轉回來不會哦！

阿美 （也大聲）轉不回來了啦！

阿嬤 （更大聲）死人都可以千辛萬苦的爬回來，我就不信一個活人叫不回來！

三個奧少年騎腳踏車進

阿美 來了啦，一堆死人都被你叫回來了啦！

竹昇 還我單車路權，給我友善騎車環境，騎腳踏車眞不錯！難怪有人騎到拍電影啊！

三個奧少年腳踏車停在右下舞台，竹昇用遙控器上鎖，阿加、

三木用號碼鎖

竹昇 喔～里長現在事業做很大喔！連殯葬業都有在處理喔！里長伯呢？我代表我爸爸來向他慰問致意！

阿加 喂，里長伯仔怎麼沒出來迎接？

阿美 他不在啦！

竹昇 他不在，你招待啊！

三木 （站上椅子）就是啊，他爸爸一直照顧你爸爸，啊你泡茶、拿煙拿檳榔招待他一下也是應該的啊，這叫什麼？人家對你好，你也要對別人好，ㄟ……有一句話怎麼說？

竹昇 你講！

阿加 五福臨門，六六大順，七上八下，九九八十一！

阿美 白痴！

三木 就當作白痴沒講過話，老大，那句話應該怎麼講？

竹昇 我怎麼知道？我只會看A片、寫眞集啦！

阿加 寫眞集～呵～呵～素人自拍、痴女系列、電車癡漢、偷窺系列！

昇、木 厚顏無恥！

竹昇 （看一眼小幹）那邊那個同學看起來很有念書的樣子！問他好了！同學～嗯！（三木搬椅子給竹昇站）有一句話形容人家對你好，你也要對別人好，要怎麼說啊！啊～我想到了吃果子拜樹頭……

三木 死貓死狗放水流。

阿加 水啦！

竹昇 你才放尿親像水龍頭，（回頭看小幹）同學～下一句咧？!

小幹看看那些自己去拿檳榔及香菸、飲料的其他人

小幹 另外一句叫：放你個頭！

少年們互看一眼，竹昇誇張地翻身落地

少年們 好帶種哦！好害怕哦！

死囡仔！

阿加　（對竹昇說）這裡有反對黨了哦，你老爸今年很難選了哦！

竹昇　沒關係！關關難過關關過，抽個塔羅牌先。

三木　戰車。

阿加　死神。

竹昇　阿不就，戰到死！

阿美　你們夠了！小幹，沒你的事，你回去！

竹昇　對對，沒你的事，你趕快回去！深夜問題多，平安回家最好，（阿加忽然跳下椅子打小幹，小幹倒地）我送你回家，我送你回家，我送你回老家！ㄏㄛ死！

三人　登～登～登～

阿嬤　（蹲下來看了一下小幹，大聲罵）你們有天理沒有？欺

夠了啦！你這樣拜我阿母，人家會說我不孝順啦……

侮古意人！你們若不快閃，等下你就知死我跟你說！

少年們 哇，好帶種！好害怕！（RAP節奏）愛情的力量，小卒仔有時也會變英雄，CHECK IT OUT！

竹昇 阿美今天不一樣哦！一定是談戀愛喔～

阿嬤 我不是阿美啦，我是阿美伊阿嬤，你祖嬤啦！

竹昇 祖嬤？阿不就～（RAP節奏）老少配眞速配！阿美阿美免歹勢！你ㄟ身軀我來幫你洗！後我來摸擬ㄟ屁股配！（電流舞）屁股配！YO~YO~屁股配！YO~屁股配！YO~YO~屁股配！YO！（說著去摸阿嬤）

阿嬤 （三人手被阿嬤折到）死囡仔！（當下往襠下一踢少年叫不出來，抱著下盤哇哇叫）

阿嬤 知死否？查甫人以為最有用的地方，最沒效啦！不驚死的來擱！

三木 你去！（推阿加出，阿加被打倒，三木從背後進攻）

阿嬤 死囡仔！（攻擊三木下盤）

一陣打鬥，阿嬤神勇專攻下盤，一路打出舞台。

竹昇 我的遙控器咧？

阿加 我的號碼幾號啊？

三人無法開鎖，警報器大響，只好扛著單車，一路被打出舞台。

小幹爬向舞台中央，這時爸媽、仙姑等人買各色東西回來。

爸爸 （看到小幹在地上爬）小幹哦？小幹，可以了，可以了，起來了，心意到了就好了，拜一下就可以了！

仙姑 對哦，平常看他cool得跟枝仔冰一樣，沒想到，對桂花嬸這麼誠心！

媽媽 啊，阿母人呢？

小幹指向外面。

酒鬼 會不會嫌我們太慢，自己跑出去吃了？

仙姑 不行啦，金紙還沒燒，她哪裡有錢？

爸爸 ㄟ～小幹有指示，喔～阿母往那邊去了，喔～阿母要野餐啦！

眾人一路叫出去，阿母、阿美、桂花嬸叫成一團！

爸爸 小幹，夠了啦！你這樣拜我阿母，人家會說我不孝順啦……

～中場休息～

第七場 改變

打都打了啊，你的肉痛一下，我的心痛一世人，敢說一定要跟你會失禮，你才甘願？你什麼時候聽過台灣父母跟小孩說：歹勢，我錯了？

燈亮時，所有人都嚴肅地、無奈地恭立，看著爸爸和其他人忙著招呼立委助理、校長以及被扁的幾個少年，每個人幾乎都彎腰走路。而西施像蝴蝶一樣逢人奉茶，所到之處，便是視線集中之處。

忠文 路邊就可以停了！不會被拖吊啦！

爸爸（小心翼翼地探一下車內，恭敬地跟助理說話）啊，委員沒來哦？

助理（裝作一本正經的樣子）他怎麼敢來見你啊？從昨天開始，他幾乎惶恐得什麼事都做不下去了。他跟我說，他一直在想，一直在想，到底是哪個地方做得不夠，讓大里長不滿意了……

爸爸 沒有沒有，誤會了誤會了……

助理（伸手打斷他的話）不，委員說，一定有的，一定是哪

他怎麼敢來見你啊？

裡得罪您了，不然，十幾年的老朋友，十幾年來一直爲廣大群眾共同打拚的戰友，怎麼可能這樣翻臉如翻書，怎麼可能這樣情、斷、義、絕！

爸爸 這樣講，太嚴重了吧……

助理 （再度打斷）委員一直想不通，好意地請大家去旅行，有錯嗎？（眾人說：「沒有！」）中途不幸出了車禍，委員有錯嗎？（沒有！）那，他就更無法了解了！在電視上公然毀謗他的名譽，說他應該負責任，有道理嗎？（沒道理！）小孩子代表他來向里長慰問致意，竟然被里長的女兒打得差點失去生、育、能、力，讓委員幾乎有斷、子、絕、孫的可能，這樣有道理嗎？

衆人 （一起）沒道理！（助理剛露出得意之色，沒想到眾人卻接著說）因爲不可能！

忠文 （把阿美推到台前，問觀眾）這怎麼可能？你們覺得，這樣一個柔弱的女子有可能做出這樣的事嗎？（台下可能沒回音）各位啊，你們到底要沉默到什麼時候才能勇敢地發出正義的呼聲啊？（台下可能有笑聲）（跟助理）根據現場民調，百分之九十以上的民眾認爲不可能！

助理 不可能，（朝台下，把受傷的人拉過來）那……他們這樣子，是被鬼打到了啊？

衆人 （看一下阿美的方向）有可能！

助理 里長，如果是這樣，我們已經完全缺乏共識，完全沒有溝通的基礎了，那，一切就看後勢怎麼發展了，告辭！

爸爸 （助理欲走，爸爸欲拉回，兩個人有如拔河）不是啦，事情不是這樣，你聽我說！（不必了）聽我說！（不必了）聽我說……

阿嬤（忽然大叫）你們是在搬歌仔戲啊！

爸爸（離開車子，衝向阿嬤，助理不察，一樣用力，整個人摔倒，眾人扶）阿母，你先不要講話啦，政治的事情，講老實話的，永遠輸，你先不要講話啦⋯⋯（又跑回來幫校長替助理拍衣服）對不起對不起，你聽我說，聽我說⋯⋯

助理（又玩起車門遊戲）你不用說了，你只會侮辱我，侮辱我就等於侮辱委員⋯⋯

包括西施及其他鄰居也過來拉成一團，一定要助理聽爸爸說，場面混亂，校長不知道怎麼辦，直到助理大喊。

你不用說了，你只會侮辱我，侮辱我就等於侮辱委員⋯⋯

助理 校長！

校長（大聲地）各位同學！（所有人立正）請稍息！校長今天有幾點報告！這個呢，我跟委員和里長呢，都是二十多年的朋友了，那麼呢，兩個人的小孩，也就像我的小孩一樣，對不對？（對！）大聲一點（對！）所以呢，這件事，對我來說呢，對錯不重要，因爲，我是教育工作者，對不對啊？（對！）誰錯，都是我的錯！不過，眞理只有一個！這個很重要！這也是我今天之所以來這裡的最大理由！（走向阿美）阿美，校長是不是教過你們，誠實很重要？

阿美　校長沒有教過我。（全場錯愕）我是說，校長沒有上我們的課，只有週會的時候上台講話！

校長　上台講話也是一種教育啊，那校長說過誠實很重要沒有？

阿美　我不知道ㄟ……因為你講的話考試又不會考，所以大家通常都不會聽，都在偷偷看書，偷偷講話……

西施　校長，她說的是實話ㄟ，以前我讀書的時候也是這樣呢！

校長（上下打量她）你讀過書哦，我要是你老師的話，看到你這個樣子，我會哭的！

每次上課，你講黃色笑話，都笑得最大聲的那個啊！

西施（也仔細看看他）可是你沒哭啊！以前你就是我導師ㄟ，你忘記啦？有沒有？每次上課，你講黃色笑話，都笑得最大聲的那個啊！有一天，有一個妓女，遇到一個校長……

校長（見大家笑成一團，大聲）各位同學，不要講話！（對爸爸）你不要笑！你還是我同學咧！（轉身問委員兒子）那你們說，校長講過沒有？

委員兒子　你是說黃色笑話還是誠實這件事？

校長　黃色笑話，我現在哪講得過你們年輕人啊？我說的是誠實很重要這件事！

委員兒子等人互看一眼猛點頭。

校長 阿美，你看，你看，就是這樣，他們聽我說過，你，沒有。所以，在誠實方面，你就比人家差了一點，你說，對不對啊？

阿嬤 我聽你在吠！

爸爸又衝過去安撫阿嬤。

助理 校長，你聽到了哦？你看到了哦？這就是證據！這就是你教育出來的孩子！不是檳榔西施，就是罵你是狗在吠！

校長 （跟助理說）我會處理嘛，這個我已經跟委員報告過了，我會負責到底，你也聽到了嘛！（朝阿美）阿美，你，出列！

我聽你在吠！

阿嬤被安撫了，阿美乖乖出列。

校長 阿美，你知道嗎？這個，要不是你爸爸跟我以前是好朋友，照你的成績，學校早就叫你轉學了！你知道？

媽媽 知道啦，你跟我們說過很多次啦，所以，你媽媽來簽牌，贏照拿，輸，我們都嘛假裝忘記！

所有人起鬨，跟爸爸鬧，說哪有這種好事，大家都要比照辦理，爸爸急忙安撫媽媽，安撫所有人。

校長 各位同學，不要講話！（眾人立正，像學生一樣小聲偷偷說）阿美，校長知道，你以前很乖啊，對不對？今天做出這種事，不是你的錯，是這個環境影響了你！

忠文 報告校長，你這樣講不公平哦，我們環境怎樣？我們連續三年都得到社區環境衛生比賽冠軍呢！（助理和少年都笑了，助理笑得不屑而誇張，眾人將獎牌拖出來展示）以及……

西施 電視冠軍大胃王比賽台灣區代表。

忠文 以及……

西施 吃七碗連續三年冠軍。

校長 夠了夠了……

西施 這是人家的榮耀耶！（哭趴在電腦桌上）

校長 你看，阿美，我說的沒錯吧！所以，校長不責怪你，只要你跟他們道個歉，爸爸跟我去委員那裡，跟他……這個這個也賠個不是，就好了，就沒事了……好不好？去去去……

阿美看看爸爸，猶豫了一下，走過去，爸爸拍了一下她的肩膀，她走到那些傢伙面前，站定，驕傲地看著他們，一鞠躬下去，忽然又出手打向少年，眾人大亂，助理過來欲抓阿美，也被K，校長大叫沒人理，掏出哨子吹，眾人才安靜下來，只有媽媽繼續打助理，助理說：「你還打！」媽媽被爸爸拉開，說：「路見不平，氣死閒人啦，電視你攏不看哦！」

助理（大叫）校長！

校長 阿美，你這叫道歉嗎？你這叫道歉啊？（趕過去扶助理）

阿嬤 對啊，我是跟他們會失禮啊！說我失禮，昨天打得實在太小力了，打得不夠，才不乖，打人叫救人，不見笑！（吐口水）

你沒路用啦！一世人給人家欺侮，到現在還一樣！

爸爸 阿母……

阿嬤 你沒路用啦！一世人給人家欺侮，到現在還一樣！你沒出脫啦！

（朝校長）沒想到你這個不成囡仔也可以做校長了哦，不過，你書好像都念到背後去了呢！那種死道友不死貧道，吃西瓜挖大邊的個性都沒變呢！

校長 阿美，你知道你現在在說什麼嗎？你不要以為你未滿十八歲，講話可以不負責任哦！

阿嬤 我未滿十八？我今年七十八了啦！你小時候我就看你長大了，你屁股幾根毛，我都看現現啦！（轉頭罵西施）你不必拉裙子啦，你裡面有穿安全褲啦！（朝校長）你小漢的時候就很奸巧了，靠勢你讀書會，做班長，老師都聽你的，歹代誌就賴給這個死囡仔ㄐㄧㄝ！不要說別的，有一次，你去辦公室交簿子，偷拿老師的錢去買翁仔書，老師在找，你假好心，翁仔書借給我這個沒路用囡仔看，煞落才去報告老師說，就是伊偷拿的。老師、警察跟咧要抓土匪一樣拚到我家來，這個囡仔，被我打到烏青結血，圍在看的人都不甘到流眼淚，只有你還在笑！那麼小漢就那麼沒血沒目屎……

校長 啊……啊……（指著阿嬤，說不出話來，和爸爸一起啊）

爸爸 （快哭出來了）啊……啊……我那時一直說不是我，你怎麼還是一直打？

阿嬤 那時候我哪知，那是了後，翁仔書店的老闆看不過去，偷偷跟我說，我不才知！

爸爸 啊……啊……了後你怎麼沒給我說打錯了？

阿嬤 打都打了啊，你的肉痛一下，我的心痛一世人，敢說一定要跟你會失禮，你才甘願？你什麼時候聽過台灣父母跟小孩說：歹勢，我錯了？（指台下的人）那裡做父母的那麼多，你問問他們有沒有？（朝校長）你還跟人家笑？你有良心有沒有？你跟人家說什麼環境？三十幾年前，那個老師當著我的面說：什麼環境，就出什麼小孩，沒想到三十多年後，你還是這麼說！那我是不是可以說，你環境好，所以才會發誓給人死？才會這麼沒血沒目屎？這麼吃西瓜挖大邊？

校長 不是，不是……

阿嬤 不是，不是爲什麼人家成績不好就要人家轉學？教育教育，我這個沒受教育的人嘛知影不曉的不才要教，會曉的，卡免教，你們不是，你們是會曉的，下死命教，不曉的看都不看，這叫做教育哦？這教養豬啦！肥的抓來拜，瘦的抓來苔！（問台下）你說我講的對不對？

助理 （問校長）這小丫頭說的都是眞的事情嗎？

校長點頭。

助理 那你這個人根本不適合辦教育！（校長有點尷尬）不過，你挺適合搞政治的。

校長 （有點疑惑地上下觀察阿美）阿美，你是不是有什麼特異功能啊？

爸爸 （拉開校長）他不是阿美啦，他是我阿母啦！你眞正自小漢就發誓給別人死，眞正自小漢就把我害呢！啊現在又靠勢要來害我的查某仔？你眞正酷刑呢你……（要扁校長，被阿嬤一個耳光打下去）

阿嬤　你不知死你！你出手你倒死啦你，看你這款人形，看你這款環境，你理由歸厝間，也不會有人會給你ㄊㄧㄣ、啦，知否，愛認分啦！

爸爸　（摀著臉頰看著阿嬤，看看校長，看看助理）我拜託你們回去跟委員講，講，我如果有得罪他，我爬都爬過去跟他賠不是，至於我女兒，對不起，打死我，我也不會要她被欺侮、被侮辱！

助理　很好！很好！我會一字不漏的跟委員說，上車！（打電話，講得很神秘）

眾人上車，校長要上前忽然被爸爸叫下來。

爸爸　校長，你不會跟我說一聲對不起啊！欠我三十幾年了呢！

校長只好跟他鞠了一個躬，然後上車，車走。

媽媽　這樣而已啊校長？利息呢？（邊跑邊打駛離中的車子）

眾人呆站台上，望著離去的車子，媽媽跑了回來，抱了抱爸爸和阿美。

媽媽　惜惜！不要怕！有我在，不管外面風雨多麼大，我一定會給你和阿美的衣服乾乾乾！

燈暗。

第八場 情書

阿嬤，你回來眞的很好ㄟ！讓我知道爸爸很多故事。也知道其實他很愛我們，很照顧我們。我只是不懂，人爲什麼要隱藏自己呢？如果不隱藏，人跟人之間不就更容易接近嗎？

很晚了，家裡的燈暗了許多。阿美獨坐在電腦桌前，茫然之至的樣子。聽見媽媽的聲音說：「你起來做什麼啦？」「小便啦！」爸爸說。爸爸穿著準備上床的衣服走到阿美後面，看著阿美。有點猶豫的樣子。

爸爸　你現在是阿美……還是阿母？

阿美　阿美啦，爸。

阿嬤　你娘啦！

爸爸　阿母啊，阿美啊，啊你們怎麼都還不去睡覺？

阿嬤　你女兒不去睡，我怎麼睡？

爸爸　（笑了笑）對哦，我都沒想過，兩個人住一個身體，實在不方便。

阿美　爸，你去睡啦。我想再看一下書。

你現在是阿美……還是阿母？

你人呆，看面就知！

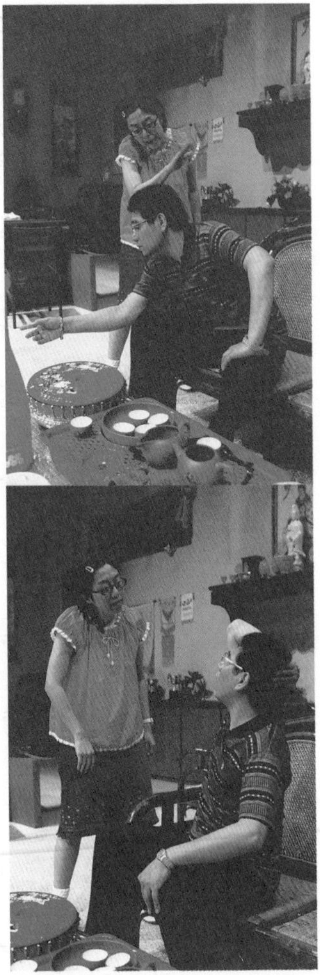

阿嬷　你根本沒在看，你騙鬼。

阿美　阿嬷！

爸爸　阿美，你可不可以進去一下，我有話想跟阿嬷說……

阿美　哦。（一走，馬上又回身，打一下爸爸的頭）

阿嬷　你頭殼壞去啊？伊走我就不在了，你跟鬼講？有話就說啦！

爸爸　我是說，你們兩個人住一個身體實在很不方便，如果阿母要住很久，我們是不是應該想個辦法？不然，我去五分埔買一個模特兒，讓你住在裡面？

阿嬷　你想什麼辦法？厝可以租，身軀可以租哦？我不會住很久啦，一個心願而已啦，還了，就走，還不了，也要走……

爸爸　是什麼心願？你爸，不是，你兒子，我可以替你去還啊！

阿嬷　你人呆，看面就知！別人若還得了，我何必自己辛辛苦苦走這一趟？（阿嬷低沉下來）我的時間沒多少……我自己會安排。

爸爸　哦。（也不知怎麼辦，只好離開，走前抓茶猛灌）

阿嬷　（本能地）要睡，茶不要喝那麼多啦，等下又ㄔㄨㄚˋ尿，這款天，被單很難乾ㄟ！

爸爸　阿母，我沒尿床已經很久了！

阿嬷　快去睏啦！

爸爸　阿母～

阿嬤　去睏啦！（爸爸進去）

阿美　阿嬤，爸爸小時候眞的會尿床喔？！

阿嬤　會喔！尿到12歲，14歲起秋，趁我睡覺的時候，拿那個小本ㄟ，去躲在公共廁所，電火才五燭，手這樣揮，他也是照樣給他看到天光！

阿美　阿嬤，你回來眞的很好ㄟ！讓我知道爸爸很多故事。也知道其實他很愛我們，很照顧我們。我只是不懂，人爲什麼要隱藏自己呢？如果不隱藏，人跟人之間不就更容易接近嗎？

阿嬤　是啊，不過，人如果若照你所願，世間就沒戲可搬了！

小幹出現在店門口，猶豫地看著裡面。

阿美不動。

阿嬤　ㄟ，那個少年的又來了。

阿美　你管他。

阿嬤　不管哦，你講的哦，奇怪，啊，心臟怎麼忽然間跳這麼快？面，稍可燒燒，手中心，有一點汗流出來，啊，腳底也一樣……阿美，你這是什麼症頭？要不要送急診？

阿美　阿嬤！

阿嬤　人，哪會攏要把自己藏起來？如果不藏，人跟人之間不是就可以卡接近……

阿美　阿嬤！

阿嬤　阿嬤是感覺你講得眞有理，嘎意一個人，若不緊給伊知，越一個頭，可能就是一世人的怨嘆……

場面僵持。

阿嬤 啊我實在擋不住了，你們少年，有時間通搬連續劇，我卡愛看歸齣的！他叫什麼名字？

阿美 小幹。

阿嬤 講兩字而已，心臟跳那麼快幹嘛，阿嬤會心肌梗塞呢！（朝小幹，阿美口氣）小幹！進來啦！

阿美 阿嬤！你一定要這樣講話嗎，你這樣像西施ㄟ～（小幹進來）

阿嬤 你要做什麼？有尿趕快給他小，有話趕快給它講！（台式國語）

小幹 我有信給你。

嘎意一個人，若不緊給伊知，越一個頭，可能就是一世人的怨嘆……

喔！這是什麼時代！我這麼老了伊也好！

阿嬷 啥咪信？普通、限時、掛號、小包，還是現金袋？要不要印章？

小幹 不要印章，只要你肯伸手接它，就好了。

阿嬷伸手，左手拉右手，但還是伸出去了。

小幹 （把信放在阿嬷手上）其實你的手不用顫抖，該顫抖的是我！（小幹忽然在阿美額頭吻了一下，跑掉）

阿美或阿嬤，緩緩往一側昏倒。

阿嬤 喔！這是什麼時代！我這麼老了伊也好！

阿美 阿嬤，拜託，他親的是我ㄟ！（甜蜜而幸福的樣子）（看信）

阿嬤 唸來聽聽看啦！

阿美 怎麼可以，阿嬤，這很私密ㄟ！

阿嬤 騙鬼，啊你看我也在看啊，只是那些字都不識我而已啊！

阿美 好啦，反正前幾行都跟你有關……開始哦，美，（阿嬤一陣顫抖）阿嬤，你幹什麼啦！

阿嬤 沒啦，忽然間有一點畏寒而已啦，美！（阿嬤又一陣顫抖）好啦，卡緊啦！

阿美 美，首先，我必須說，這幾天我看到了另外一面的你。

阿嬤 我啦，什麼你！

阿美 勇敢、直爽、果決的你。

阿嬤 這嘛是我！

阿美 當然，要感謝你那天晚上的搏命演出，不然，我一定死得很慘……

阿嬤 這也是我，ㄟ，我看這少年的愛的可能是我哦！

阿美 阿嬤！下面跟你無關了，我不唸了！

阿嬤 好啦！你吃醋啦！騙我不知！

阿美看信的幸福表情。

阿嬤 查某人實在有夠傻，人家只給你一張紙，眼淚就可以流到褲腳……可憐。

阿美 阿嬤！

阿嬤 我知啦，我說的是我！

阿美 以前，阿公第一次拿情書給你，你哭了啊？

阿嬤 我說的不是你阿公啦……阿公……有某替伊做工做事，替伊生子就好，伊到死也不知什麼叫愛……

阿美 啊，那……那是別人哦……阿嬤，你楊花水性哦！

阿嬤 如果心肝內暗暗地愛一個人，就被你罵說是楊花水性，我跟你說，台下起碼有兩百個人會很傷心！（停一下）有五百個會在心裡把你ㄘㄨㄛˋ！

阿美 好吧，那說你紅顏薄命好了，啊，那封情書寫什麼，你還記得嗎？

阿嬤 當然。四十多年，一字一字，永遠在頭殼內。

阿美 阿嬤，你好厲害哦！

阿嬤 只有五個字而已，哪有什麼厲害？而且是寫在一張十塊的銀票上面……那時候，阿嬤在賣麵，十塊是吃麵和切一盤小菜的錢……五字——「千萬要堅強」。我一看到，顛倒堅強不起來了，眼淚呼一下就流下來了……講什麼千萬要堅強……（阿嬤在情緒中）

阿美 阿嬤，好像日劇的情節哦！啊，後來怎樣啊？

阿嬤 後來，一世人遺憾啊……找到伊，跟伊講一句話，變成一個心願……

阿美 那個人，還在嗎？

阿嬤 人是在啊，心是不是在，我就不知了……

阿美 你回來，就是爲了再見他一面嗎？（阿嬤點頭）

阿美 那個人在哪裡啊？

你很傻ㄟ，代誌若不是真的，阿嬤何必千辛萬苦爬回來？

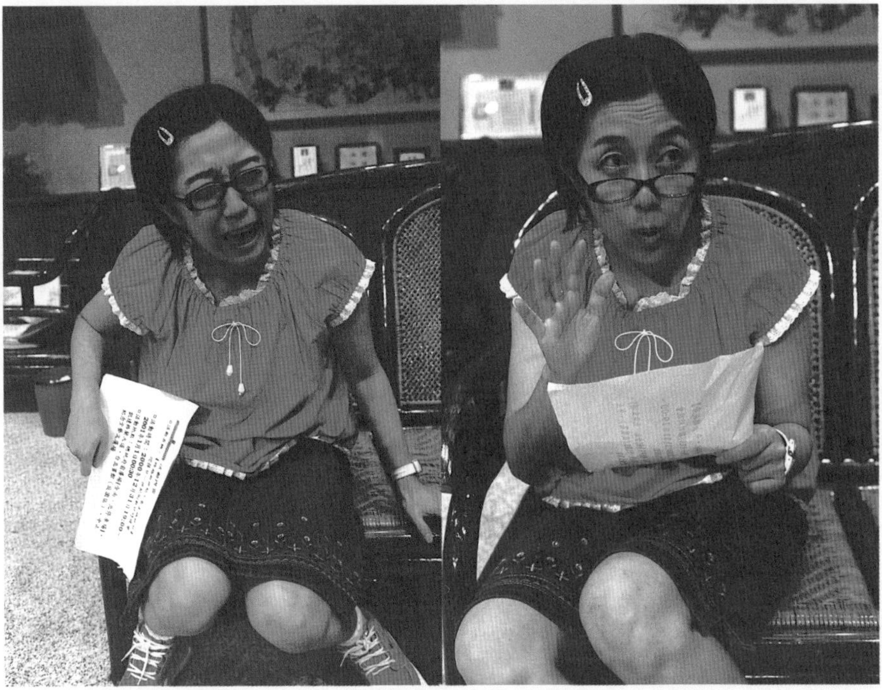

阿嬤 我也不知道，要找。不過，那天晚上，他在電視裡面，你說他很大……

阿美 （驚訝）阿嬤！不會吧？你不會跟我同學一樣，得了偶像幻想症吧？

阿嬤 你很傻ㄟ，代誌若不是眞的，阿嬤何必千辛萬苦爬回來？爬回來這個連你都會感覺不快樂的世界……

阿美 可是，阿嬤，我現在不會這樣覺得了……

阿嬤 因爲，你心內有一個可以倚靠的人啊，這是你幸福的所在啊……

阿美 阿嬤，這樣，我好像稍微懂了……（燈漸暗）稍微懂了……

第九場 母子

人，攏嘛是安呢，常常用自己的想法，去猜伊根本不瞭解的所有的代誌。我嘛是。你嘛是。

家裡。六合彩開獎日。屋裡一樣忙碌，一樣一堆人。爸爸一樣電話接個不停。

爸爸 ……放心，不會再停電了啦，我緊急發電機都準備好了，開玩笑，科技是台灣唯一的未來呢……我媽媽，還沒回來啦，不過快了，請她報牌？！拜託，初一十五也沒看過你幫她燒過一支香，請她報牌，你吃卡歹一點！（電話一掛斷，一堆人湧了過來，七嘴八舌，都是希望他請媽媽報牌的，說他媽媽時間不多，要就快等等）喂，我家那個死查某……（眾人噓地一聲，改口）我家那個慈祥和藹的阿母回來了沒？（又接電話）（便衣警察帶了兩三個人過來，有人一邊錄影）

西施 主管！你今天怎麼穿制服？你這樣穿好帥哦！（看見有人錄影，擺POSE）拍我啊？你哪一台的？（一直纏著那些陌生人）

一些人跟主管打招呼。

爸爸 今天怎麼有空自己來，媽的，打電話就好了！朋友做假的啊？報一支給你，11，21，怎樣，這是我媽媽重返人間的日子！

推銷員 喔～怎麼只給主管，我們沒有喔！（主管一直眨眼睛）

爸爸 你眼睛怎樣？怎麼一直眨？媽的，是不是油水灌太多輕微中風了！

主管 對不起，里長，我聽不懂你在講什麼！

爸爸 奇怪，以前我說什麼你都懂，今天聽不懂？你不會連腦血管都爆了，人都ㄆㄨㄚ去了吧？

主管 （推開里長，朝那些陌生人）請問現在可以了嗎？

陌生人 可以了！

有人開始封電腦，有人開始拿桌上的帳簿，眾人亂成一團。

眾人 主管，不要鬧了，快要封牌了！

主管 不要吵！坐下來，把身分證通通拿出來！

仙姑 哭夭，你不認識我啊，還要看身分證！

爸爸 喂，結拜的，請問你現在在幹什麼，我怎麼都看不懂啊！

主管 對不起，有人檢舉，說你利用職務的方便，非法經營六合彩，而且，開設檳榔攤，雇用未成年少女穿著暴露服裝或者學生制服當檳榔西施，影響觀瞻、妨礙風化……我現在是依法執行任務！

爸爸 喔，好厲害，我認識你這麼久，都還沒有聽過你這麼輪轉地講過這些法律名詞呢！什麼檢舉？我在做什麼，你最清楚了，還要別人檢舉，你不要笑破人家的褲底！

主管 你最好安靜一點，不然你現在所說的話，都是證據！我告訴你，我是公事公辦！

爸爸 公事公辦，你老師咧，那你平常吃我的拿我的，你怎麼從來都沒有開發票、開收據？

西施 公事公辦，主管，那我也要告你妨礙名譽，說我未成年，你根本是人身攻擊，侮辱我的身材！我這樣像未成年嗎？

主管（朝西施）你不要講話，不然我連你都一起銬起來我跟你說！

西施 唉喔，討厭，我們的秘密怎麼這樣就講出來了？你上一次要我跟你出去，就是把我銬在床頭的欄杆上啊，有沒有，好討厭哦！

陌生人 通通帶回總局去！

爸爸 等一下，我打一個電話！網內互打不用錢啦！（抓電話打）

西施 你們完蛋啦，（指警察）你知道我老闆是誰在罩的嗎？

衆人（跟警察說）王立委是司法委員會的呢，你們的預算都是他在管！

爸爸 喂！委員啊，我是……我知道你很忙，在開會，可是我現在有一點麻煩呢……是這樣啦，一些警察同志對我好像有一點誤會……是……是……

聽了好久，太太也過來聽，這時，阿美和小幹放學一起回來，進門，愣住。西施在她耳邊不知道說些什麼。

爸爸（放下電話，伸出手）把我銬起來！把我銬起來！最好現在就把我槍斃，讓我變鬼，媽的，去把那個垃圾的心肝挖出來，看看到底是紅的還是黑的，媽的，說不定，

我還變成民族英雄咧！把我銬起來（朝主管）銬起來啊，你怎麼那麼沒種？你也怕我挖你的心肝啊？不用啦，你本來就是黑的啦！

主管 我要銬囉！我眞的要銬囉！（主管要銬里長，陌生人反過來銬主管）

陌生人 該銬的是你！帶走！（一警察帶走主管）這個胖西施也帶走～

西施 你們有這麼大的手銬嗎？沒有嘛！我自己走！

陌生人（過來拉里長）走吧！

媽媽（突然衝過去，抱住爸爸，歇斯底里起來，大叫）不可以，你一去就不回來啦，要很多年才會回來啦！（爸爸跟其他人一起安慰，說不會啦，去一下就回來啦）你以前也是這樣說，你都是在騙我！（人將被帶走）

爸爸（看了一眼阿美）阿母，你現在在嗎？你不能出來幫我一下嗎？

阿嬤 我當然也在！你眞的要我幫忙嗎？（朝陌生人）你快把他抓抓去！替我教乎伊乖，伊的人生才有改變、才有出脫！抓抓去！

阿美 阿嬤！

爸爸 自己的媽媽都這樣對我了？我還怪得了誰？走吧，（朝鄰居）拜託，阿如替我照顧一下！

陌生人帶走爸爸、西施離開，場面大亂。

媽媽 你不能走啦，你走我會被欺侮啦！沒有人會理我啦！
阿嬤（大叫）抓抓去啦，伊才會知死啦！

媽媽開始攻擊女兒。

阿美 媽，我是阿美啦！

媽媽抓不住，有人說：趕快打電話給精神科！電話呢？藥包上面有寫啦！

媽媽 這是什麼世間？這是什麼世間？

大鬧下燈漸熄，救護車聲音，媽媽叫聲漸小，燈暗。

＊＊＊＊＊＊＊

場景不變，音樂先進，燈亮，一屋子凌亂。阿美坐在椅子上，動也不動。小幹坐在一邊不知所措。有鄰居拿一碗東西要她吃，她搖搖頭。

香腸嫂 不然，等下餓了要吃哦，你不餓，你阿嬤，也會餓哦！
阿嬤 謝謝啦，你什麼時候看過你家公媽下來吃東西的？

香腸嫂（有點怕）不然，小斡，你要叫阿美吃哦，交給你了哦！（鄰居走）

阿嬤 阿美，你一定ㄑㄧㄝ、阿嬤ㄑㄧㄝ、得要死對不對？苦不阿嬤快走對不對？

阿美 阿嬤，你很自私呢……你回來，其實，不是爲了我，不是爲爸爸、媽媽，而只是爲你那個情人，不是嗎？

阿嬤 啊沒，你期待一個已經不在的人替你做什麼？乎你考試每次一百分？乎你老爸大發財、做歹代誌不用被關？如果這樣，人活在世間，就什麼事都不要做啦，每天拜拜咧，所有的事情讓死人去忙就好啦！阿嬤操勞一世人，連死了還要這麼忙，我才不要。

抓抓去！替我教乎伊乖，伊的人生才有改變！

這時，爸爸有點倦容，衣衫不整地進來。

阿美 （意外的興奮）爸爸。（爸爸四處看著，恍如隔世）媽媽送到精神科去了……

爸爸 我知道，我去看過了，她打過針，在睡覺了……（爸爸坐下來，默默地打開鄰居拿來的東西，看了一下，掏口袋）

爸爸 小幹，你去攤子那邊幫我買一碗魚丸湯……啊看有什麼吃了可以馬上死的藥丸叫他順便加幾粒下去！（小幹猶豫）去啦！（阿美看看他，示意他走）（爸爸開始默默吃東西）

阿美 爸，那警察那邊呢？也沒事了嗎？

爸爸 爸爸的朋友幫我湊了一些錢，暫時交保，以後怎樣再說吧。（安靜，停一下，阿嬤冷笑）。

阿嬤 吃到要死了，還學不曉，那款不是朋友啦，真正的朋友，應該讓你去關，你才學得乖啦。若這款的，是要把你害得啦，今天借你十元，明天，你就要還他一世人。

爸爸 就算是這樣，我也歡喜甘願。

阿嬤 你真無價呢，少年時，幾粒檳榔幾包菸，幾塊錢讓你開，叫你去死你就去死，別人犯罪，叫你去擔你就去擔，害你某煩惱到起肖，害你查某仔生下來，看不到老爸，害你出來讓人看無目的，這你也歡喜甘願？

爸爸 我這樣做，起碼，有人說我重義氣，有氣魄……（吃著東西，出奇的冷漠）而從我出生到現在，不管我做什麼，在你的眼裡，我沒有一樣是對的，沒有一樣及格！

有人可以依靠的時候，我就不曾埋怨過。

阿嬤 啊你想想看，你敢有做過什麼事讓人ㄜ ㄌㄜ、的？你老爸死的時候，你才四歲，我敢有讓你夭寒過？敢有讓你比人卡細漢？啊你當時跟人有比評？讓我心安？讓我心內有一點點ㄨㄚ靠？

爸爸 阿母，你老是說你沒有依靠，那你怎麼從來不問我有嗎？我被欺侮的時候，你打我給別人看，我被冤枉的時候，你永遠不相信我的理由，我做得再好，你永遠可以找到一個例子，說我做得不夠。阿母，我交的朋友，在你眼中，都是不成材的壞蛋，但，起碼我被欺侮被冤枉的時候，他們肯跳出來，當我的靠山。我老婆，照你的說法，是紙糊的，你不喜歡這樣的媳婦，但，在你覺得我不足以依靠的時候，她卻跟我說，她願意一輩子跟著我。

阿嬤 照你這樣講，你不就怨嘆我一世人呢？

爸爸 不會。沒有那麼久。當我心裡覺得，至少還有人可以依靠的時候，我就不曾埋怨過。

阿嬤 意思是，你還是怨嘆過？！

爸爸 （想了一下，猶豫著）阿母，小時候，我們住的地方曾經流行過一首童謠，你也許從來沒有聽過。但是，你知道嗎？三十年後的現在，我還一個字一個字記得清清楚楚，因爲，每天只要我一出門，就有人在我後面唱……（笑笑地看阿嬤一眼）他們是這樣唱的：桂花仔桂花仔討客兄，生一個阿呆沒卵泡，歸日街仔道四界ㄙㄨㄛˊ，看到查甫的就叫阿爸。嬸仔聽到氣ㄆㄨ ㄆㄨ，叔仔聽到笑哈哈……（停了一下）我一聽到，就跟人家吵，吵不贏，就跟人家打。打輸，自己找一個沒人的地方哭一哭。打贏了，人家告到家裡，當著你的面，我不敢說他們唱什麼，而你永遠打我給別人看，最後，我還是輸。阿母，如果你是我，你，不會埋怨嗎？

阿嬤 （整個人完全沒氣似地，低沉而哀怨起來）你可以怨嘆阿母萬百項，這項，阿母沒啥通給你怨嘆的。伊是一個君子，一個好人。咱母子沒依沒ㄨㄚˋ的時候，伊請阿母去他家煮飯……知道咱歹過，要洗的衫褲的口袋裡，常常故意留一些錢在裡面，說：「撿到就是你的」……伊跟阿母永遠只有兩句話，一句是：「沒錢就要講哦」……另外一句是：「千萬要堅強哦」。是阿母自己不見笑，暗暗地把伊當作心內的一個ㄨㄚ靠。就親像你講的，心內總是愛有一個人在裡面，活下去才有意義……了後，伊生意越做越大，在厝內的時間越來越少……有一天，阿母發現伊歸厝內，好像只有我在等伊回來，阿母知道這樣不行……若不離開，未來，我會活不下去……（阿嬤停了一下）外面怎麼講，隨在伊。人，攏嘛是安呢，常常用自己的想法，去猜伊根本不了解的所有的代誌。我嘛是安呢！你嘛是安呢！敢不是？!（阿嬤低頭不語，似乎在飲泣）

阿美 爲什麼要這樣呢？爸爸，阿嬤。爲什麼心裡最重要的話，反而都要藏在最深的地方呢？都要讓它變成一種遺憾呢？

燈逐漸暗下。

為什麼心裡最重要的話，反而都要藏在最深的地方呢？

第十場 心願

這世人，有一半，是因爲有你，我才感覺有意義，有幸福。未來的歲月，我看你不著，但是，拜託你，千萬要平安，千萬要幸福。拜託你。

集團總部接待櫃檯，燈亮時，只見接待處輪廓，爸爸和阿美在外面講話。進去後，燈光交換，外暗內亮。
阿嬤似乎看著高樓建築，很久之後，似乎有點猶豫。

爸爸 阿母，就是這一間啦。

阿嬤 夭壽，這麼高哦！不就要請很多人？每個月看這麼多人要領薪水，敢不會驚？

阿美 阿嬤，你又用自己的想法去猜你不懂的事了哦！

阿嬤 對哦，隨講隨忘記，人眞正教不乖。

爸爸 這才是他公司的一小部分呢，全世界很多地方都有工廠和公司呢！

阿嬤 安呢，公司一天賺多少還是賠多少，伊怎麼算得了？

阿美 阿嬤，拜託，現在有電腦啦？

阿嬤 電腦不是博六合彩在用的哦？

難道你還要再遺憾一次？

阿美 阿嬤！

爸爸 六合彩的比較小啦，他玩的比較大！（阿嬤又看了看）

阿嬤 好了，咱好行了。

爸爸往前走，阿嬤卻回頭走。

爸爸 （回頭過來拉阿嬤）阿母，你要去哪裡啊？

阿嬤 我是講……咱有來就好啊……

阿美 阿嬤，你在說什麼？如果這樣，你又何必千辛萬苦走這一趟？

爸爸 對啊，光交通費用恐怕就很難算。光那些金紙就不知道要燒多少耶……

阿美 阿嬤，難道你還要再遺憾一次？（阿嬤還是猶豫）

阿美 我不管，身體是我的，我有自主權！（兩人進去，阿嬤和阿美的拉鋸，小姐詫異）

秘書 請問，有什麼要我替你服務的嗎？

爸爸 （遞名片）這是我本人，我媽媽想跟總裁見個面？

秘書 （看一下名片）你媽媽？她有來嗎？

爸爸 這個不是哦！

秘書 先生，請你不要開玩笑好不好，我們很忙。

阿美 對不起，小姐，我知道說起來你一定不相信，但是，我阿嬤，在……在我裡面。（兩個秘書一陣迷惘）

秘書 小姐，我……不懂你在說什麼，不過，請問，你跟總裁有約嗎？

阿嬤 你是說約束哦？有啦，有一遍伊叫伊的司機拿錢來給我，我沒收，我有拜託伊的司機跟伊講，講，若有緣，

若有一天，對其他的人都沒傷害的時候，咱應該可以見面，講一下話……

秘書 司機？總裁司機很多個，你說哪一個？

阿嬤 文生仔啦。（兩個秘書一愣）

秘書 你說簡文生哦，小姐，他……他過世好幾年了ㄟ……

阿嬤 我知道啦，就是伊過身，我不才有機會跟伊開講，才知道一些代誌！（秘書傻住）

阿嬤 你這樣啦，「共」一個電話跟katsu講，講tsuru來找他，他若忘記這個人，忘記這件事，我馬上會走……

爸爸 阿母，（回頭看一下小姐，說：「你看，我都叫他阿母了，還會假啊！」）無論如何，都要見到才走！這是你的心願啊，不是嗎？（朝小姐）拜託你通報一下，好不好，你看我的名片，上面有多少職務啊，我也是有一點身分的人啊！（小姐打電話）

爸爸 阿母，現在你應該相信，我不是你想像的那麼沒有出息，我沒念很多書，沒有背景，可是，每一件事，我都做得很認真。其他的我不敢說，我有把握，哪一天，我也走了的時候，就算不發訃聞，我的告別式一定還是很多人！

忽然出來兩個警衛，秘書一使眼色，警衛靠過來。

阿嬤 啊你是又怎樣？怎麼又有警察來？

爸爸　喂，這是幹什麼？

警衛　對不起，請盡快離開好不好？我們有會客的規定，總裁會客的行程已經排到下個禮拜，麻煩你跟公關部門聯絡，請他們安排好再來！

爸爸　下個禮拜？我媽媽等不到下個禮拜了，她請假很難你知不知道？

警衛　（radio警衛接聽）了解，馬上處理完畢！（一使眼色，三個人擠過來，一直說對不起，一直把他們往外擠）

爸爸　（推回去）你們幹什麼？

阿美　我拜託你們給我阿嬤一點點時間就好，好不好，我求求你！這是她一輩子的願望，我求求你們。（阿美忽然跪下來）

這時總裁前呼後擁出現，他走過，一轉頭忽然停步，看了一眼有點騷動的地方。

總裁　這幹什麼？

有人低聲跟他說些話。

總裁　（走向阿美）小妹妹，你，怎麼很像一個誰？

爸爸　她像我媽媽啦，生出來的時候，很多人就這麼說了！

阿嬤　katsu，你，沒把我忘記，眞的沒把我忘記……

千萬要平安，千萬要幸福。拜託你。

總裁　（笑了笑）katsu，這個世間只有一個人會這麼叫我，你怎麼會知道？

阿嬤　katsu，我，tsuru。

總裁　tsuru？

阿嬤　三十四年前，最後一面，麵攤，你給我一張十塊銀，上面有寫字……文生仔載你來的，那時候，是三輪車……紅色的……文生站遠遠，說要給我們講話，結果，你還是一句話都沒說……

總裁愣住，眾人安靜地看著這一幕，總裁暗示，所有人緩緩避開。

總裁　tsuru，眞正是你回來了？

阿嬤　我……在（指指天上）有遇著文生仔，伊跟我說，我眞自私，爲了不敢擱看著你，受你那麼多的恩，在生，竟然，連一句多謝也沒跟你說……說，我過身的時，你有來，坐在車上，替我唸經，說，你流眼淚……我想，無論如何，嘛愛走這一趟，親嘴跟你講一句多謝，雖然有卡晚……

阿嬤跪下來，說：「dou mo arigadou！」爸爸也要跟著跪下，總裁阻止他並牽起阿嬤。

總裁　tsuru，這一路辛苦哦？

阿嬤　比起早前心內的拖磨，katsu，這攏沒算啥。

總裁 你，有欠啥沒？若欠就愛講。

阿美 伯伯，這輩子，除了這句話，你難道沒有更重要的話要跟阿嬤說嗎？

總裁 （總裁看看面前的人）tsuru，（停了好一下）這世人不能給你幸福，希望後世人可以給你快樂，koremade, aishiteru！

阿嬤 （低頭忍住情緒，很久之後才說）我也有一句話，要跟你講。這世人，有一半，是因爲有你，我才感覺有意義，有幸福。未來的歲月，我看你不著，但是，拜託你，千萬要平安，千萬要幸福。拜託你。（再度緩緩鞠躬）

燈漸暗。

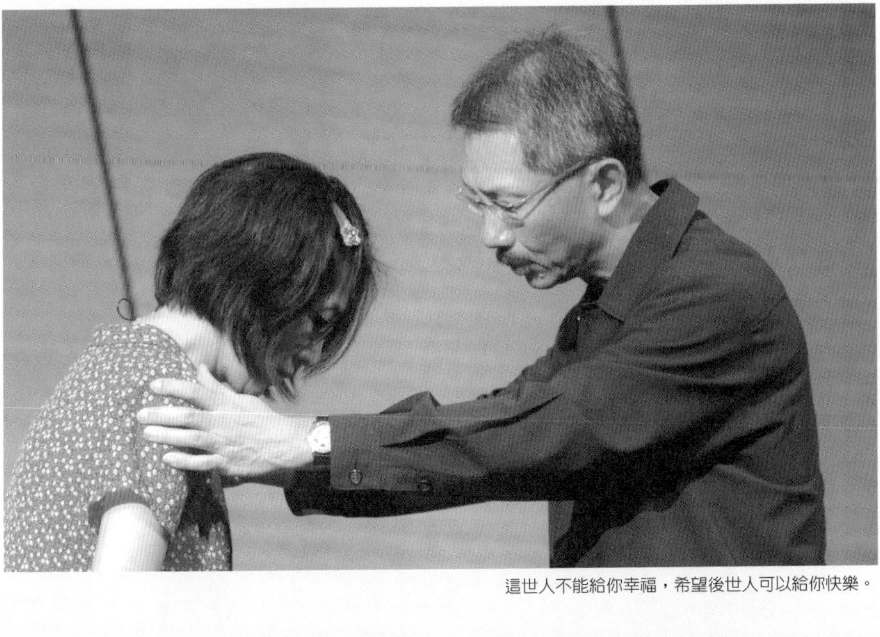

這世人不能給你幸福，希望後世人可以給你快樂。

第十一場 尾聲

「千萬要平安喔！千萬要幸福喔！」

燈再亮，總部的布景撤掉，後方出現里長伯家的舞台。董事長離開，爸爸和阿美仍是鞠躬動作，所有人在舞台上呈現出日常生活中的凝固動作。

阿嬤緩緩抬起頭，走過去抱住仍然定止不動的爸爸，說：「千萬要幸福喔！」再向後方走去，向許多人說：「千萬要平安喔！千萬要幸福喔！」漸漸往神主牌位的方向走去，燈暗。

～全劇終～

《人間條件》
2008 劇照精選輯

美國檳榔
菁雙包刺

黃韻玲　飾演阿美、阿嬤

李永豐　飾演里長伯

唐美雲 飾演仙姑

唐美雲歌仔戲團
第十期唱腔身段推廣研習班成果發表

鍾欣凌　飾演檳榔西施

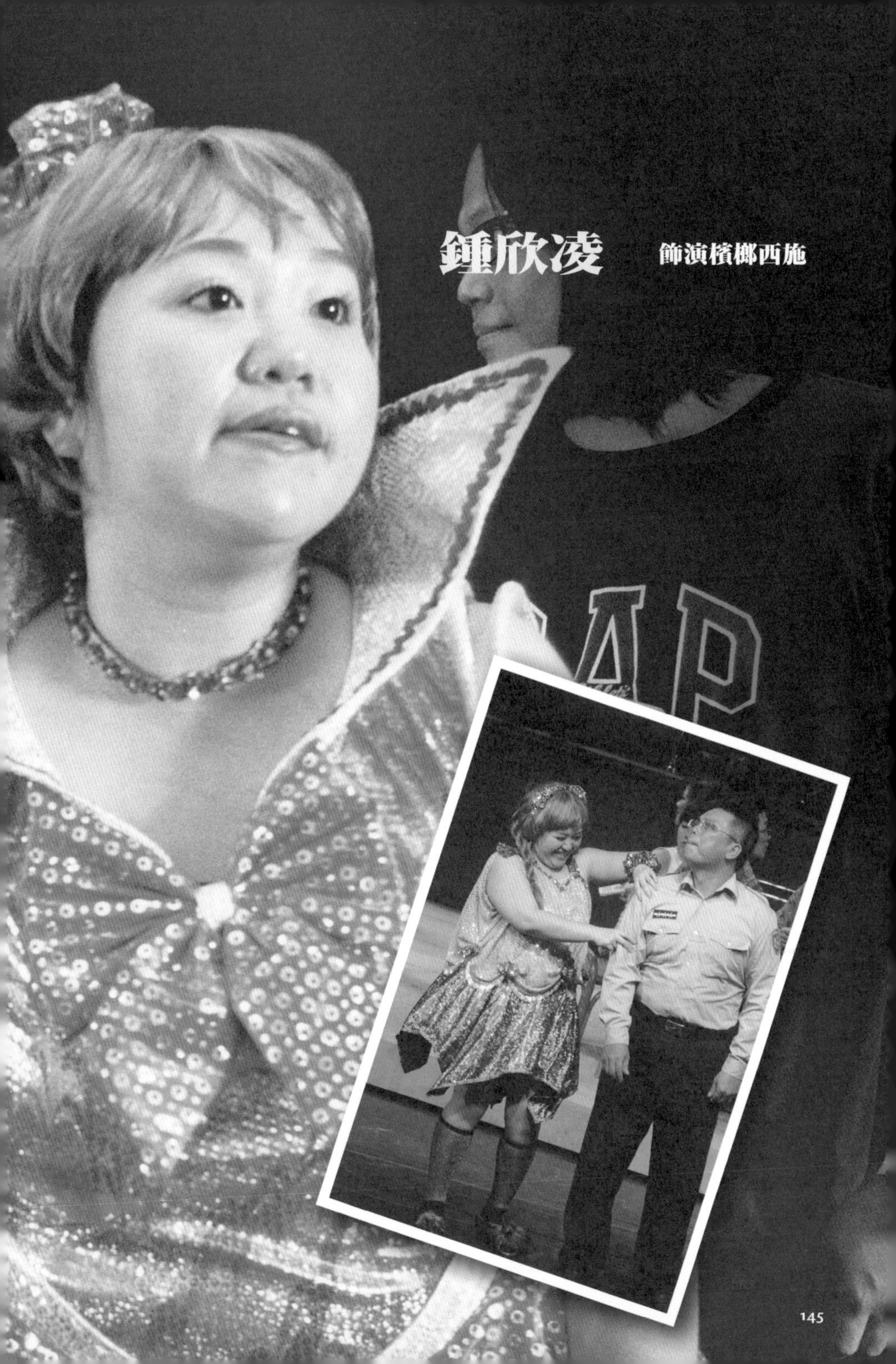

柯一正　飾演校長

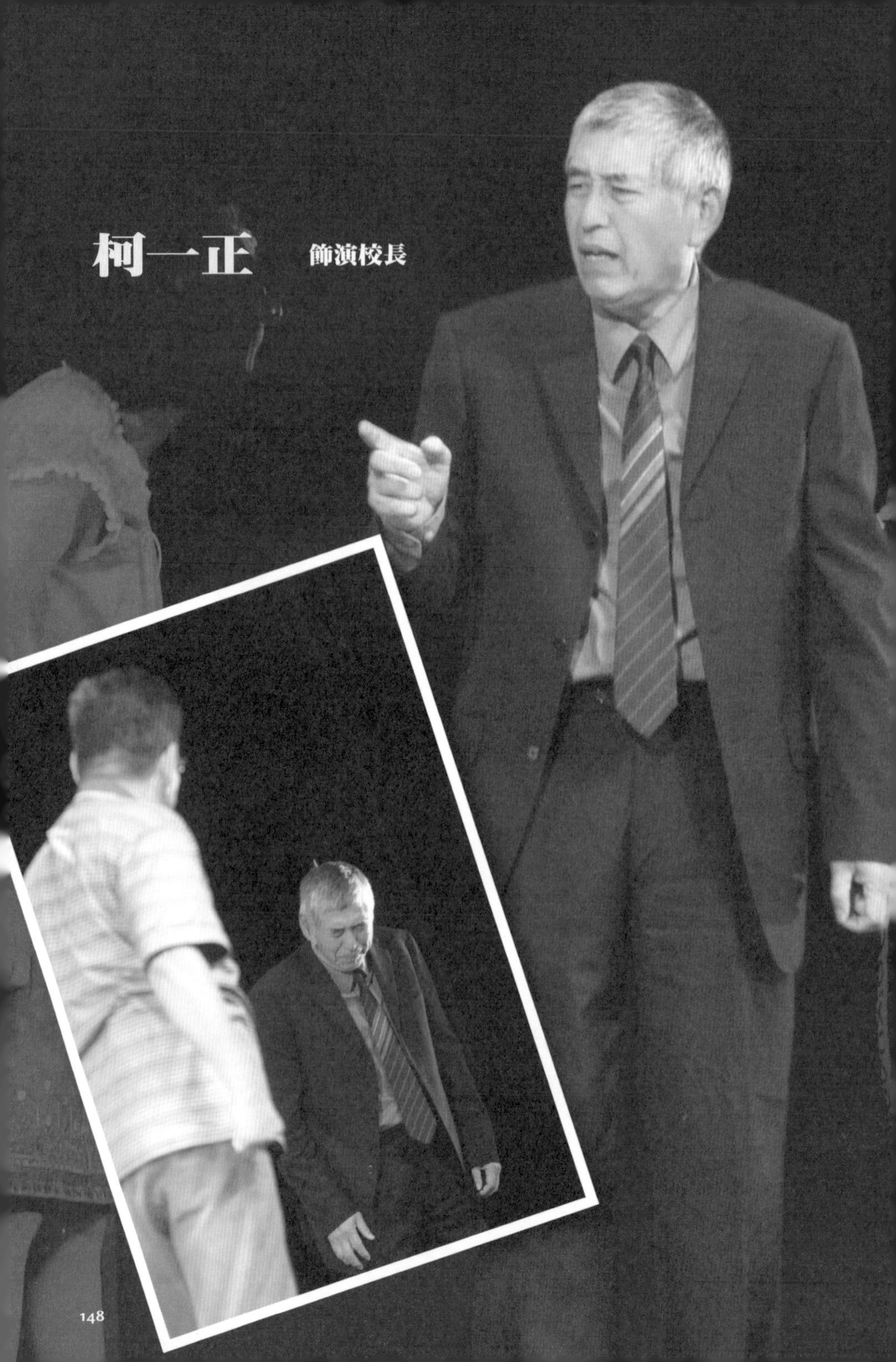

簡志忠　飾演企業總裁

舞台設計 簡立人

近年來為國內外各表演團體設計之重要燈光作品有：綠光劇團「陪你唱歌」，表演工作坊「等待狗頭」和「千禧夜，我們說相聲」等。亦曾為許多知名團體設計燈光及舞台。

美國維吉尼亞理工暨州立大學藝術碩士
國立台北藝術大學劇場設計系專任副教授兼系主任
周凱劇場基金會常務董事
中華技術劇場協會常務理事暨教育委員會召集人

燈光設計 李俊餘

大家口中的「俊哥」，兩個孩子的爸，有個年輕又美麗的老婆。自一九九〇年起，活躍於台灣劇場界，合作對象包括：台北民族舞團、當代傳奇劇場、太古踏舞團、紙風車劇團、綠光劇團……等。

「聚光工作坊股份有限公司」負責人

服裝造型設計 任淑琴

劇場服裝設計作品包括：糖果屋默劇團「白雪壞公主」、「屋頂天才老媽」等，以及綠光劇團「領帶與高跟鞋」和飛行島劇團「美女與野獸」等。

實踐專校（現實踐大學）服裝設計科畢業
曾任攝影禮服公司造型設計師

美少女戰士服裝秀

檳榔西施的炫麗服裝初次抵達排練場，從導演到工作人員每個看到的人沒有一個不讚嘆大姊（服裝設計——任淑琴）的功力，欣凌穿上之後簡直就是一個美少女戰士，嗯～當然……是放大版的啦！華麗的款式、炫亮的色彩、勁爆的鞋子，真的、真的讓人有置身卡通世界的感覺！

所以，在排戲的過程裡又因而衍生出許多新的創意，大家排戲的心情也因此歡樂無比，當然，大家也都嚷著要幫「檳榔西施」準備更多的「家私」，有仙女棒、有花瓣……害人家現在就開始期待還會出現什麼呢！

因爲你的參與，才讓劇場完整……

新興里里長服務處
里鄰之光

附　錄

「人間條件」演職人員總表
二〇〇八年

編劇 導演：吳念真
副導演：李明澤
舞台設計：簡立人
燈光設計：李俊餘
音樂設計：翁之棵
服裝設計：任淑琴
書法題字：董陽孜

舞台監督：鐘崇仁
舞台技術指導：陳威宇
燈光技術指導：朱俊達
舞台佈景製作：林金龍、風之藝術工作室
燈光工程：風之藝術工作室
音響工程：風之藝術工作室
音效執行：張劭如
梳化妝：陳美雪、陳映羽
排練助理：王雅萍、廖君茲

創意顧問：吳靜吉
藝術監督：吳念真
製作人：李永豐
團長：羅北安
行政總監：汪虹
劇團經理：吳怡毅
行政主任：江宜真
行銷組長：李彥祥
藝術行政：張雅婷、范榕芳、曹家鳳

演出人員

黃韻玲 飾演：阿美／阿嬤
李永豐 飾演：里長伯
唐美雲 飾演：仙姑
鍾欣凌 飾演：檳榔西施
柯一正 飾演：校長
簡志忠 飾演：企業總裁
陳希聖 飾演：立委助理
游堅煜 飾演：警察
吳定謙 飾演：小斡
藍忠文 飾演：椿腳
王雅萍 飾演：媽媽
陳竹昇、林木榮、林聖加 飾演：奧少年
聶琳 飾演：女記者
鄭凱云、廖君茲、海裕芬、吳榮光、陳淑婷、潘慶維、林綉、楊昕翰、施焙馨、陳虹汶、洪子婷、高基富、王家樂、施宏儒 飾演：里民
特別客串：汪用和、姚坤君、邱議瑩、高志鵬、林美秀

二〇〇一年

演出人員

黃韻玲　飾演／阿美、阿嬤
李永豐　飾演／里長伯
吳淡如　飾演／媽媽
李淑楨　飾演／檳榔西施
柯一正　飾演／校長、杜媽媽
簡志忠　飾演／企業總裁
蕭言中　飾演／警察
蔡詩萍　飾演／立委助理
吳定謙　飾演／小幹
莊瓊如　飾演／仙姑
藍忠文　飾演／里長的樁腳
黃心心　飾演／秘書
陳騰龍、陳耀虎、柯宇綸 飾演／奧少年
（特別來賓）陳 昇、鄧安寧、蔡振南、陳學聖 飾演／督察
（特別來賓）高怡平、傑夫、鍾欣凌、六月、蠟筆小嵐、邱議瑩 飾演／記者
新興里民／吳皓昇、黃中佑、王雅萍、蔡孟蒨、崔孟璇、游敬閔、胡禦之、曾玉琴、黃文怡、丁浩森、廖欣華、鄭凱云、洪鈴雅、陳瀅妃、陳乃寧、陳尤欣、戴若梅、孫克薇

二〇〇三年

演出人員

黃韻玲　飾演／阿美、阿嬤
李永豐　飾演／里長伯
唐美雲　飾演／仙姑
鍾欣凌　飾演／檳榔西施
謝瓊煖　飾演／媽媽
簡志忠　飾演／企業總裁
柯一正　飾演／校長、杜媽媽
蔡振南　飾演／警察
汪用和　飾演／秘書、記者
陳希聖　飾演／立委助理
許永德　飾演／立委助理（巡迴場）
蕭言中　飾演／督察
羅北安　飾演／督察（加演版）
吳定謙　飾演／小幹
藍忠文　飾演／里長的樁腳
陳竹昇．王豪文．蔡文暉　飾演／奧少年
鄭凱隆　飾演／痞子
新興里民／王雅萍、陳威宇、王豪文、萬雅文、李秀冠、吳佩蓁、李嘉菱、黃詩怡、魏筱君、王立陽、林靜宜、黃常祚、陳祐薇、張邵如、余羚琳、鄒宜忠、翁祥崎

The Eeurasian Publishing Group
圓神出版事業機構
用心與你對話．視野無限寬廣
圓神出版社
Eeurasian Press

http://www.booklife.com.tw inquiries@mail.eurasian.com.tw

圓神文叢 009

人間條件

編劇導演／吳念真
演出製作／綠光劇團
發行人／簡志忠
出版者／圓神出版社有限公司
地　　址／台北市南京東路四段50號6樓之1
電　　話／(02) 2579-6600 . 2579-8800
傳　　真／(02) 2579-0338 . 2577-3220
郵撥帳號／18598712 圓神出版社有限公司
登 記 證／行政院新聞局局版北市業字第1462號
總 編 輯／陳秋月
主　　編／沈蕙婷
責任編輯／連秋香
校　　對／綠光劇團．連秋香
美術編輯／劉語彤
排　　版／莊寶鈴
印製統籌／林永潔
監　　印／高榮祥
法律顧問／圓神出版事業機構法律顧問 蕭雄淋律師
總 經 銷／叩應有限公司
印　　刷／龍岡彩色印刷公司
2004年5月 初版
2009年5月 初版二刷
2021年7月 初版一十五刷

定價800元 特價599元 ISBN 978-986-133-014-3

每一本書，都是有靈魂的。
這個靈魂，不但是作者的靈魂，
也是曾經讀過這本書，與它一起生活、一起夢想的人留下來的靈魂。
——《風之影》

國家圖書館出版品預行編目資料

人間條件【完整典藏版】，吳念眞 編劇導演，
綠光劇團 演出製作. -- 初版. -- 臺北市 ：圓神,
2004[民93] 160面；14.8×20.8公分 -- (圓神文叢；9)

ISBN 978-986-133-014-3(平裝附光碟片)

854.6 93004726